U0655251

愿无岁月可回头

生命只是一个过程，
在一起的每分每秒都是结果。

回忆专用小马甲 作品

北京联合出版公司
Beijing United Publishing Co.,Ltd.

图书在版编目（CIP）数据

愿无岁月可回头 / 回忆专用小马甲著 .—北京：北京联合出版公司，2016.9

ISBN 978-7-5502-7925-4

Ⅰ . ①愿… Ⅱ . ①回… Ⅲ . ①散文集 – 中国 – 当代 Ⅳ . ① I267

中国版本图书馆 CIP 数据核字（2016）129666 号

愿无岁月可回头

作　　者：回忆专用小马甲

出 品 人：唐学雷

责任编辑：李　征

北京联合出版公司出版

（北京市西城区德外大街 83 号楼 9 层　100088）

北京盛通印刷股份有限公司印刷　新华书店经销

字数：158 千字　880 毫米 ×1230 毫米　1/32　印张：8

2016 年 9 月第 1 版　2016 年 9 月第 1 次印刷

ISBN 978-7-5502-7925-4

定价：39.80 元

生命只是一个过程，在一起的每分每秒都是结果。
愿你能放手一搏，快乐地活在当下，不计对错。
能坚持自己所爱，不用解释，又被世界善待。

愿无岁月可回头。

目录 CONTENTS

愿 无 岁 月 可 回 头

目 录 C O N T E N T S

愿 无 岁 月 可 回 头

×

THIRTEEN

小翠 - 211

我说：刚才人那么多，小花胆小，敢从树上下来不容易，因为你，
它相信了这个世界。
小翠笑了：因为它馋。
我问小翠：你不喜欢这里吗？
小翠说：喜欢，但人不一定能生活在喜欢的地方。

帅 帅
×
ONE

帅帅也真是没福，那么多寒冬都熬过，死在了盛夏。陈爷泉下有知，应该没啥遗憾了，给人看一辈子病，到死也没等着的医生名分，帅帅给他要回来了。

帅帅不傻，他想把自己最好的东西，留给唯一喊他名字的人。

帅帅

被朋友拉进了老同学群，跟大家寒暄后，听到个让人难受的消息：帅帅死了。

按说他名儿不叫帅帅，最开始大家叫他小傻子，他知道不是啥好称呼，不答应。但有人开玩笑夸他帅时，他就跟着傻乐，叫他帅帅，他会“嗯”上一声，帅帅这名字就叫开了。

关于帅帅的身世，大家都知道些。他家在城边的乡下，在家他最小，上面有两个姐姐。他很小时父亲就去世，妈妈含辛茹苦拉扯着他们姐弟仨，因为有他这个傻儿子，一直没再嫁。他十多岁时，母亲也病逝，一个姐姐外出打工嫁在了异乡，一个姐姐虽留在县里，但也活得很辛苦，帅帅就顺理成章地流浪了。

最早遇到帅帅时，我上小学。他比我们大几岁，成天在街上溜达，低着头，穿得破破烂烂的，很老实，嘴永远半张着，口水滴在身上，胸口黑乎乎一片。他喜欢热闹，爱往人多的地方去，智商比同龄人低挺多。我从小就厌学，在我们那儿叫学混子。学不会又贪玩，不受老师待见，恶性循环，成绩越来越差，在教室多待一会儿都如坐针毡，跟几个同样不成才的朋友早早学会了逃课出去晃悠。

帅帅那会儿也算个孩子，他总想跟小孩玩，但没谁愿意搭理他，我们愿意。一是我们逃课出去，完全没啥玩伴。二是想到大家都在上课，心里说不出地空虚，见到他，多少有些安慰：有人比我们还废物，比我们还不成才呢。帅帅的破褂子上，有俩巨大的口袋，不知谁给缝的，永远鼓着，里面装着他的一切。有没吃完的馍、饼，有他参加红白事儿人家给的香烟，还有他捡的垃圾。每次叫他玩啥之前，他都跪在那儿，把口袋里乱七八糟的全掏出来，要走时再一一装回去。

我们常从家里拿东西给他吃，按说他也饿不着，屁大个县城，不管走到哪儿，东家一口西家一块的，总有人塞吃的给他。不管给他啥，他永远狼吞虎咽。那会儿正是拿尿和泥的年龄，没谁嫌他脏，骑马打仗，他永远是马。跳皮筋，他就一直像木头一样杵在那儿，帮我们撑着皮筋。他从不抱怨，能跟我们一块儿，已经很开心了。有时玩到晚上，我们被爹妈一个个拧回去，剩他自己在路灯下站着。他睡觉的地方不固定，路边、桥洞、待拆的仓库、水泥管道……哪儿都能睡。北方的冬天很冷，但也没冻着他，谁家没点破衣服烂被子啥的，街坊们见了就塞给他，当积德了。他没啥记性，被褥太大也背不走，在哪儿睡上几天，迷路回不去了，东西也就全扔那儿了。

经常在街上见一些大娘婶子啥的追着要拧他耳朵：兔崽子！那么好个被子给你了！今年的新棉花！你给我扔哪儿了？帅帅傻笑着往前跑，缩着脑袋，不停。

时间就这么过着，我初中时，帅帅差不多就成年了，身高一米八几，体重得有两百斤。作为一个流浪汉，他的体形简直代表着我们县的良心。也不知道是谁起的头儿，大家又开始拿他开玩笑了：帅帅长大了，该娶媳妇啦！看上哪家的闺女没？！给你做个媒……不知是人们调侃多了，还是他的自然反应，这货还真经历了一次“爱情”。

对象是住在城南的一个姑娘，家里是开化肥代销点的，女孩在店里帮忙。女孩人很清秀，心也好，店里有没用完印着广告语的背心，帅帅路过时，女孩总拿些给他，偶尔也给他端口吃的。

白天街上热闹时，帅帅常蹲在店对面的墙角，隔着一条小街，时不时往店里看上一眼。帅帅这点小心思，很快被好事儿的发现了。

人们觉得他肯定喜欢上人家姑娘了，不然那么多人给过他吃穿，他咋就偏往这边蹲？在别人的怂恿下，帅帅还鼓起勇气进过店里一次。到里面后，他一股脑把自己兜里的家伙什儿全掏了出来，搁在地上，扭头就跑，姑娘在人们哄笑声中窘迫地关上了店门。

无聊的小城，就指着这点八卦热闹了，很快传得尽人皆知。人们路过时，会戏谑地往店里瞅上一眼：喏，那就是帅帅媳妇吧？初恋能有啥好结果？只不过帅帅的比一般人更惨。没过多久，帅帅又一次习惯性蹲在对面时，女孩的哥哥从店里出来了。帅帅被揪着领子拽起，掐着脖子往后推，推一下，退几步，推一下，退几步，一直退到街口。围观的很多，但没谁敢上去劝。女孩的哥哥没做错啥，也不算动手打人。虽说大家都知道帅帅老实，没干过啥坏事，但谁愿意自己家待嫁的姑娘，被个傻子惦记着？有个万一，谁负得起责？女孩的哥哥走后，帅帅被看热闹的围在个角落，我猫腰挤到了前面。他低着头，浑身哆嗦，嘴张着，说不出话，手不停地向上拢自己的头发，一遍又一遍。

他一定很绝望，我有点感同身受。挺巧，也就是在那天，我鼓起勇气给暗恋许久的女同学写了一封长长的表白信。女同学看完信，放学时跟我说：现在最重要的任务是学习，你要想证明自己喜欢我，就用功考重点高中吧。我想了想说：我考不上……

出了这事儿之后，帅帅就很少去城南了。城北有个大湖，算是我们那儿唯一的景点了。湖没咋开发，夏天的傍晚，全民的娱乐项目就是过去洗澡。因为总出意外，县里在湖边周围修上了很陡的石头堤坝，只留个固定地方允许下水，入口处铺上些沙子，算是个自然浴场，但即使这样，每年也总有一两个看不住的顽童，因私自玩水溺亡。

帅帅在湖边待久了，见多了气急败坏的父母连打带骂将自家下湖玩水的孩子薅走，慢慢他有样学样，每当小孩子没大人带着私自下水时，他就大叫着冲过去将孩子拽上岸。人们发现他这举动，赞不绝口，好事儿！帅帅做得对！这是在救人呢！救人！

帅帅被这么一夸，干劲儿更大了。他不会水，不敢往深处去，就成天在水边守着，热急了就蹲下，在水里浸一浸。背上的皮被晒脱了一层，像剥了一半的烤红薯，里面是鲜红的。去游泳的人谁想起来了，就给他捎口吃的，搁在岸边，喊一声帅帅，他就扑腾着水花跑过来吃了。没谁觉得这有啥不好，小孩不敢私自乱下水了，都知道有傻子守着呢。为人父母的多少有些宽心，不管咋说，算多了道防线。

湖水每天冲着，滩上的沙子总是越来越少，县里隔段时间就拉几车补上。运沙的工人来了，帅帅就凑着热闹帮忙，来回蹭几趟车坐。大锅饭做好了，也给他盛上一碗。在一次运沙的途中，帅帅在拖车里睡着，从高高的沙堆顶上滚了下来，摔在路中间，兜里的东西撒了一地，全身上下没一块好地方了……围观的人都傻眼了，这咋办？往医院送要钱，谁知道他亲人在哪儿，该通知谁？也该他命好，摔在了陈爷家门口。在人们不知所措时，陈爷拨开人群说：把他抬我院里吧。

陈爷是个佝偻的老头儿，背很驼很驼，一生未婚，也没有子女。他年轻时在乡下做赤脚医生，后来搬到了城郊，自己住，在院里开个诊所，给人看些简单的头疼脑热。他心好，帮过不少人。大家见面都叫声陈爷。但前两年县里把没执照的诊所统一取缔了，陈爷行动不便，街道就帮着把他挂在门口多年的医生招牌拆走了。大家七手八脚把帅帅抬了过去，陈爷先给他止住血，又去医院买齐了药物，帮他包扎好，随后让大家帮着把院里放东西的一间西屋打扫了一下，帅帅还动不了，就躺里面养病。都说傻子生命力强，不假。帅帅那点皮肉伤，很快就好得差不多了。人们看见帅帅，就夸陈爷医术好，不但治好了他的伤，连以前他半张着的嘴也合上不再流口水了。陈爷笑笑说：啥医术啊，一天三顿都让他吃饱了，嘴就合上了。帅帅能下床走动后，自己又跑到湖里面泡着。陈爷找过去，揪着耳朵把他拽了出来，帅帅吱吱呀呀地说：救人……陈爷说：不救了，淹着你了咋办？陈爷无子嗣，年轻时，哥哥把长子过继给了他，条件是侄子帮他养老送终，他百年后东西都留给侄子。

他侄子现已结婚成家，在县里工作。陈爷诊所停了以后，没啥收入，侄子就定期给他送些吃的。陈爷的院儿里种满了葡萄树，齐腰那么高，每到夏季，硕果累累。以前小院热闹，陈爷红光满面地给人看病，葡萄熟了随大家摘，年年没剩过。后来没了医生身份，陈爷就只是个看起来奇形怪状的老头儿了，偌大的院子再没啥人过来。陈爷始终没想明白，给人看了一辈子病，咋就不算医生了？陈爷很少出门，没事就侍弄院儿里的作物，帅帅蹲旁边。他一遍遍地教，帅帅一遍遍地看，虽然学不会，但总算有人说话了。

帅帅学会了叫陈爷，但陈爷从没叫过他帅帅，陈爷喊他“井水”。陈爷牙掉得差不多了，说话跑风，我们也不懂这个井水是啥意思。也奇怪，以前除了帅帅，无论叫啥他都不应，但陈爷喊他井水，他答应。

葡萄熟了，爷俩就摘下放在门口，足斤足两，半卖半送地换点油钱。添双筷子，加个斗笠，帅帅就这么住下了。此后就很少见到帅帅了，他再不来街上溜达，风雨里长大，好不容易有个家了。最后一次见他，是我高考那天。送考的队伍熙熙攘攘，大家神色匆匆，连跟他打招呼的心情都没有。他伏在门边，傻愣愣地看着过往人流……

大三暑假我回家，路过陈爷宅子时看到院墙被拆了。我问朋友：他们人呢？朋友说陈爷去世了，宅子按约留给了他侄子，陈爷临走时求侄子给帅帅寻个住处，侄子答应了，托关系把帅帅安置在他们厂废弃的宿舍里。虽然没人管他吃喝，白天又得流浪，但总算有个能遮风挡雨的地方落脚。

毕业后，我家搬去南方，再没了帅帅的消息。老天爷真是想得周全，谁能料到帅帅这样的烂命，都会有转机……

前不久我妈回老家探亲，带回了一个惊天八卦。高速公路要修到县里，入口刚好选在帅帅他们村旁边，帅帅家的宅子在村头，要被征用建成服务区。简单点说，帅帅成拆迁户了。据说他们邻居，宅子还没他家一半大，赔偿款都谈到了五十万露头，帅帅家的，兴许能拿上百万！帅帅的姐姐都出嫁了，他妈去世后，帅帅外出流浪，土房子年久失修，早荒成了危房。有人见工作人员去找过几次，都没见着他们人。

一无所有的傻子，瞬间成了准百万富翁，这事儿让整个县城炸开了锅！按县里的物价，烧饼一块钱一个，油条一块钱两根，许多人一辈子都挣不到一百万！知道拆迁的消息后，我给老家的朋友打过一个电话，朋友说不知是赔偿款暂时没谈下来还是怎么着，帅帅还在流浪。但一切都不同了，傻子还是那个傻子，大伙儿对他的态度全变了。以前给他张罗着送吃送穿的婶子大娘们，都多少有些自惭形秽了，别说百万，自己一辈子见过十万块钱摞一堆多高没？有啥资格可怜一个百万富翁？帅帅现在流浪都算体验生活。有好事儿的已经开始打听着要给帅帅介绍对象了，据说有姑娘肯答应，就差帅帅点头，反正传得有板有眼。帅帅有了个新外号：高富帅……

大家都等着帅帅命运的转折，想看他如何苦尽甘来，想看他怎么享用这飞来的横财。没想到等来的，是帅帅的死讯……

陈爷生前的那条小路，要向两边扩宽，道路封死了在施工。以前的小院已经拆完，重建的门面房正在打地基。天太热，工人白天休息，傍晚才开始做活儿。

没人注意到瘫坐在院对面的帅帅，也没谁知道他在那儿守了多久。他被人发现时，已经奄奄一息……帅帅姐姐的女儿，叫小安，我们是同学。虽然这些年她从没提过自己跟帅帅的关系，但这在我们同学间像个公开的秘密，大伙儿都知道。她总给帅帅带各种东西，衣服、被褥，还有吃的。她不说，大家也不问，毕竟有个流浪的傻舅对于女生来说是件难以启齿的事。

小安也在群里，沉默许久，她给我们讲完了剩下的故事。她姥姥在世时，就一直担心有一天自己不在了，帅帅该怎么活。她怕帅帅没人照顾，更怕本来就命苦的女儿受连累，心里愁，嘴上也说，帅帅听懂了。姥姥去世后，帅帅再没进过家门。两个姐姐一直在尽力帮他，她们把帅帅往家里接过无数次，帅帅疯了一样反抗，撞墙也要往外跑，他不接受姐姐的任何安排，谁劝都不听。傻子嘛，一根筋。帅帅住下后，她们也常去送钱送物，陈爷不要，说这边够吃了，她们也不容易。赔偿款的事儿人家让律师来找过了，说他们姐弟仨都算继承人。两个姐姐决定不要那份钱了，留给帅帅。因为是老宅子，房产证遗嘱啥都没，所以还有些手续要补，钱一时半会儿拿不到。谁也想不到他会在这节骨眼儿上出事……

帅帅弥留时，家人都到了。可能回光返照，他清醒了许多，认出了小安是谁，知道握着姐姐的手叫姐。院里医生、护士只要手上没活儿的，都来了。

有人问：帅帅，你的东西你想留给谁？

帅帅说：陈爷。

人们说：陈爷死了，要不了了，除了陈爷，你还想留给谁？

帅帅说：陈爷。

他也真没福，那么多寒冬都熬过，死在了盛夏。

帅帅出殡时，打城里过。街上的大小商店，关了许多，送葬的队伍浩浩荡荡，绵延几百米。

大伙儿都来送他了，他那么爱热闹，要是能活着看一眼这场面，肯定舍不得死。帅帅最后的一声陈爷，又把那个佝偻的老头儿拉回到了人们的视野。有热心的帮着去问老爷子诊所关门的事儿，街道答复，陈爷虽然不能继续执业，但绝对算医生。并且他当年响应号召做了那么久的赤脚医生，有贡献，搁到现在，按规定还能领补贴。工作人员凑钱给陈爷做了块牌匾，跟以前的一样，托亲人烧给了他。

群里有在外地的同学说，好些年没见帅帅，真想再看他一眼。

小安发了张遗照。照片里，帅帅穿着偏大的西装，坐得规规矩矩，照得虽不自然，但跟街上那个傻子完全两样。照片的右下角，写着姓名。

有人问：这谁？！

没人回答。

我也第一次知道帅帅的名儿，他叫敬学。原来陈爷一直叫的不是井水，是帅帅的名字。陈爷泉下有知，应该没啥遗憾了，给人看一辈子病，到死也没等着的医生名分，帅帅给他要回来了。帅帅不傻，他想把自己最好的东西，留给唯一喊他名字的人。

走好，敬学兄！

*

姥姥、姥爷

× TWO

姥姥十几岁嫁给姥爷，两人相伴近七十年。早年姥爷从军打仗，是个小官，为人朴素、沉默且豁达，在旁人看来，与爱抽烟、酗酒、打牌的姥姥格格不入。但两人相伴一生，鲜有摩擦。姥爷一向身体硬朗，竟在姥姥去世几小时后精神错乱、失忆，再没康复。因无法接受一人的离去，他选择忘了整个世界。

姥姥、姥爷●○

:: 1.

去医院体检，医生说我有些贫血，平时该多吃些枣。我觉得他说得不准，他一定不知道我骑在枣树上的童年。

差不多从记事起，我就住在姥姥家，后来回县里上幼儿园，但父母依旧很忙，常出差，我还是会被隔三岔五地送回去，所以我童年最初的记忆，都在姥姥身边。

姥姥的院里有两棵枣树，树干低矮，但结起枣来非常踏实。枣子熟了，我常拿板凳卡在树枝上，坐树枝上吃。家里每来客人，姥姥就拿着篮子站树下让我扔枣，我把树上的枣分成几个区，最红最圆的留着自己吃，成色不好的扔下去待客。那时我能给家里帮上的忙，并不多。

姥姥家的耕地，在村子的最北面，春耕夏耘，秋收冬藏，几乎是乡下生活永恒的主题。

大块的地是主业，口粮全指着它们，夏秋两季种小麦玉米，收割后再按时节和需求穿插着种些红薯、芋头、大豆、棉花、绿豆等。小块地是我的最爱，因为不怎么规整，又不宜收割，所以姥爷会种上我爱吃的西瓜、甜瓜、西红柿等果蔬。

小时候总觉得时间那么漫长，种子刚埋进土里，我就已经在盼着开花结果、吃到嘴里的那一刻，但它们总是不慌不忙地发芽、抽穗，坚守着自己的节奏，缓慢而自由地成长。

除了严冬，地里总有零零散散做不完的活儿。我常带着小水壶、太阳帽，坐在姥爷的架子车上，陪他下地做活儿。视察完自己小块地里作物的生长情况后，我就没事了，往地头树荫里一蹲，逗虫看鸟，累了乏了，随地一躺，倒头就睡。但我也不是永远闲着，只要有我能帮上忙的，我从不退缩，比如播种。姥爷先刨坑，把地锄成一垄一垄，然后他歇着。姥姥腰疼不能蹲下，就由我负责在每个坑里撒上三五粒种子，姥姥指挥，最后姥爷再逐一用脚轻轻一划，准确地把坑埋住，踩到七分结实，就算播种完毕了。隔段时日，老天爷开恩降些雨水，它们便能破土而出。

姥姥还在地里的边边角角都种上了芝麻。到了收获季节，我们抱来一捆捆的芝麻秆，找平整的地方，铺好干净的布单。姥姥双手紧紧握住干透的芝麻秆，把穗头在布单上使劲儿地摔，饱满的芝麻粒很快就被挤压出来，转眼就汇成了一小片。我负责趴在地上从芝麻里拣出碎屑壳。我俩忙活整个下午，大概能摔出两三斤芝麻，然后拿到集市换成香油，傍晚回来，姥姥会用香油葱花给我炒个鸡蛋，人间美味。

乡下最忙的时候，就数夏天割小麦、秋天掰玉米这俩收获大季了。小时候我总盼着这段时间，庄稼熟了，我就能跟父母一起回去帮忙。

一进地里，处处热火朝天，乡亲们享受着丰收的喜悦，高声谈论着自家的收成，一辆辆满载的三轮车、架子车在田间穿梭，处处是忙碌的身影。田边打粮食的机器大口吐着浓烟，咔嚓嚓咔嚓嚓，一刻不停地轰鸣着，面对面交流都要靠吼。大人们匆匆忙忙赶时间抢收，这个时刻幸福又无比庄严。姥爷常说，一年的收成全指着这两天了，不敢马虎。到了中午还有各家送来饭菜，乡亲们在地边休憩，你扔支香烟，我递瓶啤酒，大饼面条咸鸭蛋，吃得热热乎乎。

我们小孩儿三五成群追逐嬉闹，扔泥巴，挖蝉蛹，捉蚂蚱，跳大绳。渴了吃青玉米秸，饿了在地里随手挖个洞，垒几块砖，一个简单的炉灶当场落成，然后就地取材，有啥吃啥。我们烤过红薯、毛豆、玉米、新麦、蚕豆、大蒜、红萝卜、野菜，甚至还有倒霉的蚂蚱……烤好的东西虽然有些焦煳，但和着泥土的清香让人欲罢不能，饥肠辘辘的我们狼吞虎咽，一生难忘童年的味道。

高强度地忙几天过后，大人们通常都很疲乏了，这时候基本就该我们登场了。小孩人手一个大编织袋，去田间、路上捡掉落的麦穗。其实这么游荡一天也没多大收获，倒是累个腰酸背疼的，但没人考虑值不值得。无论多少，粮食不能浪费，这是庄稼人的信仰。

收割后的麦秆麦茬，姥爷会一车车拉到家里。麦秆堆在院外，既能烧火做饭，又能取暖。麦茬埋到院内，来年能沤成庄稼的上等肥料。反正地里产的物什处处是宝，丝毫舍不得抛撒，能吃的吃，能用的用，不能吃也不能用的，又能滋养他物。其实在姥姥家我特别愿意多干些活儿，这样等父母来接我时就有了吹嘘的资本，日后回城打电子游戏被捉到，兴许能少挨顿打。

:: 2.

姥爷负责耕种，姥姥也不清闲，主要是饲养。

后来我回城，姥姥偶尔来看望，妈总想留她多住些日子，但每次姥姥都走得斩钉截铁，理由很充足：家里一院子鸡鸭离不开人。

春寒乍暖时，姥姥就会开始一项大工程：孵小鸡！

这一切堪称神圣，全程都得把我隔离开。步骤是这样的，她先迈着小脚，一项项地收集相关用具，我记得大致有小铺盖、稻草、报纸、手电筒、温水等。备齐后，她再专门收拾出一间屋子给母鸡做产房，清离所有闲杂人员，特别是我，反复叮嘱我千万不能打扰母鸡，也不能大声喧哗，惊动母鸡。这是一年之中，她神情最严肃惶恐的时刻了，我再顽劣也不敢捣乱。

不夸张地说，母鸡在这段日子都算个长辈。只有姥姥才有权限靠近它，她对母鸡毕恭毕敬，百般呵护。我就比较难挨了，在家得谨言慎行，蹑手蹑脚。二十多天后，十几只毛茸茸的小鸡就叽叽喳喳地出世了。姥姥这才长舒一口气，如释重负，满脸的皱纹绽成了花。伺候完母鸡月子，便开始照顾鸡孩子，她拿出早已备好的最饱满的小米粒精心喂养。这帮黄澄澄的小东西算是家中重要的财产了，来年的油盐酱醋，我口中的油条、豆沫、糖葫芦就全指着它们了……

除了鸡鸭，姥姥还养过鹅，我童年的梦魇之一。有回我放假回去，像往常一样翻身跨过篱笆门，鸡鸭吓得惊慌四窜，我大步流星往堂屋走，突然不知道从哪儿蹦出来仨白鹅，高高大大的，嘎嘎嘎嘎冲上来当场把我弄蒙圈了，直到姥姥冲过来才硬生生把鹅从我身上薅下来，所以我对鹅一直比较恐惧。这种感觉直到我第一次吃到鹅蛋才稍稍得到缓解，它们下的蛋足有碗口那么大，蛋清特别有嚼劲，姥姥每次都开心地捡到篮里，攒多了再码到缸里。

姥姥做不动重活儿，养不了啥大型的家禽，就只能伺候这些鸡鸭鹅。每到夜幕降临，结束一天的劳作进屋休息前，姥姥都会把鸡全部赶到树上，让它们上窝，再把鸭、鹅关进圈里，然后一遍遍仔细地数，手指点着，嘴里默念，直到数目完全对上，她才放心，一个都不能少。老辈人与动物共同在土地里刨食，他们心中这种粗粝情感，怕是很难被我们这代人理解。

:: 3.

除了抽烟、喝酒，姥姥还有个雅好：听戏！

儿时的我，完全无法理解。一个破戏台子，老套的故事，一直反复着，幕布刚掀起来就知道了结局。几个演员挥着长袖咿咿呀呀来回转悠，啥看头？可这些，于姥姥，简直是根植于灵魂的挚爱。不仅在集市偶遇的场子必看，方圆几里内，哪个剧团会去哪个村，演几天几场，她都如数家珍，约好门前的老友，一群小脚老太扛着高椅子低凳子，激情满满地奔赴现场！那狂热劲儿，完全不输当下的粉丝团。

到了戏场，通常戏尚未开演，就早已簇簇拥拥，人声鼎沸。推车的、挎篮的、卖的、买的，乡亲和小贩们都不亦乐乎，喜不拢嘴。煮菱角、豌豆馅、甜水荸荠、大麻花、盐水蚕豆、花生瓜子、甘蔗脆梨、拔丝糖人儿……除了吃的，还有玩的！卖气球的、套圈的、摇拨浪鼓的，所有的一切温暖热烈，活色生香。

要说带节奏还得看我们这群孩子，满场乱窜，大呼小叫，有的大口大口地吃，有的倒腾着钻后台看演员化妆理道具，有的爬树，有的摔跤。这时候的我通常都比较忙，姥姥对戏场有种说不出的敬畏，她不准我喧哗乱跑，怕我走丢，也怕影响旁人看戏，所以总会慷慨地给我买各种零食吃，我一般都捧着几样，怎么讲，简直君临天下！占着手和嘴，就迈不开腿捣蛋了。

大人们满面红光、情绪高涨，纷纷议论上一场唱得如何，这场是哪一出，

《秦香莲》《王宝钏》《打金枝》《五女拜寿》《穆桂英挂帅》……锣鼓响起，帷幕拉开，姥姥看得凝神屏息，如痴如醉，扬起的蒲扇卡在半空中，表情随着剧情起伏。现在想想，也许她之所以能融情于景，应是戏中有其命运星星点点的写照吧。台上台下，都是人生。

跟姥姥不同，姥爷的爱好时尚了许多：露天电影。比起姥姥的大张旗鼓，姥爷爱得更沉默厚重。那时候，票价几毛钱吧，谁家办红白喜事，也会免费包场，无论武侠片、言情片，还是抗战纪录片，甚至连外国片，姥爷都照单全收。

我们通常都早早地跑去占位，姥爷不同，他总是最后离家，收拾好一切，关上门，双手一背，慢悠悠地过去。有时我给他占了位子，在场中央站凳子上四处瞅他，大声地呼唤，他看到了，摆摆手，也不进来，微笑着示意这儿就挺好，不想走动。

散场后，大灯亮起，人群比肩接踵。我可以先坐着不动，等人都走得差不多了，再到后排去找姥爷，他也一定在等我。

回去的路上，我俩一前一后，他仍一言不发，也不谈论什么剧情，路太黑的话，我就挽着他的胳膊，默默地走。他有时会在片场捡些人们丢下的垃圾——食品的包装盒、方便面袋、精美的糖纸、残缺的玩具……这些东西通常啥用没有，但他到家后都整理得规规整整，或压在铺盖下，或放进抽屉。也没人懂他，也没人劝他，他有他的丰盛与热爱。

:: 4.

姥爷吃瓜是最有特点的，庄重又充满仪式感。西瓜切开，等我们都挑完，他才不紧不慢地从怀中掏出随身携带的小折叠刀，在衣服上找块干净的地方抹两下，拭净刀刃，娴熟地一手托起块西瓜，一手从瓜底横向削起，等瓜瓤与瓜皮几乎完美剥离，再从瓜尖均匀地竖切成一小条条，然后用刀尖插着，一块块放入口中。这套行云流水的动作，配上他假牙壳子有节奏的摩擦咀嚼声，以及他似闭非闭的目光和津津有味的表情，成了一道有趣的风景。你想，一个刚从田地里挥汗归来的老农民，却如此风雅地品着一块瓜，是不是让人目瞪口呆。我反正羡慕得不行了，无数次想学他，要来了他的刀，模仿着他的样子，但比画几下就忍不了了，嫌吃得慢，也就他能忍受这种效率，他吃一块，我能吃三块。姥姥总笑着揶揄他："洋气！"姥爷眼里的世界应该是祥和美好的，如此他才能恭恭敬敬地品一块瓜。

:: 5.

丰收的季节一过，小院里堆得五颜六色。金黄的玉米缠绕在木架，花白的大蒜一条条搭屋檐，墙上是通红的辣椒，地上排着小麦，箩筐里筛着绿豆、黄豆，簸箕里是芝麻，地下甚至还窖了些红薯萝卜。姥爷这辈人是苦日子里熬出来的，他们总能感到粮食所带来的那种稳稳的幸福，囤里有粮，心里不慌。

家里的厨房非常简陋，一个破旧的锅台，旁边堆着劈好的柴和生火用的稻草，一旦做起饭来，整个屋子烟熏火燎，面对面看不见人。台上有个简易的木架，上面摆着油盐酱醋八角大料等。平时是姥姥做饭，姥爷掌火，家里没一样精细的作料，但从没感觉吃得乏味。

在乡下，关于食物，没谁专门学过，各自的厨艺基本靠悟性和传承。姥姥做饭很好吃，简直算得上身怀绝技。各种小菜她都手到擒来，晒豆酱、腌萝卜、泡糖蒜……到了季节，我还常从树上够些鲜嫩的槐花，拿给姥姥，她拌上青红椒，煮软切碎的蚕豆，放上酱油、辣椒腌三四个小时，吃时倒点香油或放块豆腐，回味无穷。

榆钱馍馍、蒸红薯叶、贴玉米锅盔、烙葱油饼、炒粉条、酱鸡蛋、炸馒头片等，姥姥总能变着花样让我们吃好。我小时候贪玩，经常饭点飞奔到家拿了饭吃着就跑，所以最爱的还是姥姥包的包子，她手不算巧，也急性子，为省事都是简单一捏，包出的包子都是长的，看起来像条鱼。

我回城后，姥姥想我们时，偶尔会兜十几个包子进城探望。姥姥的包子，皮薄馅儿多，里面有豆皮、豆芽、粉丝和晒干的各种野菜，再加些切碎炒熟的花生，很有特色，好吃到可以作为零食。

2006年我在武汉念书，假期过完回到学校，宿舍的朋友从家里带了吃的，他神秘地拿了个包子说是特产，我一定没吃过。我尝了下，是香椿馅儿的。以前姥姥家屋后也有棵香椿树，姥姥也总包香椿馅儿的包子，她还会在馅儿里加些我爱吃的鸡蛋。朋友问：第一次吃到这个馅儿吧？我说是啊，成年后的第一次。那个包子我捧着吃了很久，像是跟姥姥在异乡的重逢。

:: 6.

秋后冬前，天气尚暖，农活儿已完，这段时间姥爷最清闲，他像个老顽童，会给我扎风筝，做鸡毛毽，编尼龙鞋。

姥爷扎风筝有一手，有长长的龙、五角的燕子，还有圆形的兔子，活灵活现，各有特色。比如龙，龙头是他用树杈简单雕刻而成，有胡须、眼睛，龙身用一块块薄木片咬合衔接，飞在空中，龙尾摆来摆去。放到天上后，田间路边的大人都驻足观望，小孩追逐欢叫，我感觉自己很威风。姥爷，一个民间艺术家。

其实姥爷的技艺并非全因兴趣，多半是来自工作和生活。在乡下，农民并不只是农民，男人们忙时干农活儿，闲时，庭前院后的老少爷们儿就会组建成一支临时建筑队，十里八村到处替人盖房子。虽然他们大多不识字，但分工协作，各司其职，加上传承的技艺，也能建成一幢幢精美壮观的房子。

我到过他们的施工现场，大致知道姥爷担的是什么职。他年岁大了，队里照顾他，给他派的算轻活儿，不用爬上爬下，只负责雕刻屋檐上的和平鸽和花式砖瓦。我那时候也挺忙的，一天天疯玩不着家，所以跟姥爷交集并不多，以至于姥爷这份兼职，我竟是几年后才发现……一个平常的晌午，姥爷从外面回来，摘了破草帽，换了汗衫，不同的是，今天他端碗吃饭前，先伸手递给了姥姥几十块钱。姥姥接过钱说：够了够了，别出去忙了，歇歇吧。我问姥姥：他哪来的钱？姥姥说：工地上挣的。我很吃惊，此刻我才知道姥爷每天从家中弓着腰出去，原来除了伺候农田，竟还另有活计。那天的一幕我莫名其妙就记下了，几十块钱，在当时算大数了，不知道姥爷为这几十块钱忙了多少天，流了多少汗，雕了多少只鸽子。成年后，手里有点闲钱我就想塞给姥姥，姥爷年龄越来越大，应该没人用他去雕鸽子了。

:: 7.

在乡下所有的事情里，我最喜欢的是赶集。

姥姥家那边基本三天一个集、十天一个会，我人不大，但基本逢集必赶，逢会必逛，全勤。也不知小时候为啥精力会那么旺盛，哪天有集我都数着，到了日子，天麻麻亮就醒。我醒时，姥姥通常已经都起来了，她梳洗整齐，用围巾仔细地包裹起一二十个积攒的鸡鸭蛋，挎着菜篮，扯上我，我们就出发了。家在村北，集市在最南，一路过去，穿过学校、诊所、打麦场，看见铁匠铺时，就快到了。我人矮步子短，但跑得快，总冲在前面，与姥姥隔着一大截路，姥姥扭着小脚努力地追赶，时而唤我慢点。

一路上会遇到不少乡亲，老老少少都有，认识的就互相打个招呼，大家朝一个方向会集，十几分钟的路吧，从安静到喧闹。

集市的最外边是收粮食的，壮汉们蹲在架车麻袋前，抽着烟，挨户地等候磅秤。稍往里走点是贩家禽的，扁担两头捆绑着鸡鸭，扑扑棱棱，紧挨着便是收禽蛋的，地上壮观地摆放着几个大圆竹筐，下面铺着软软的稻草，里面整齐地码放着鸡蛋。摊主和大家都比较熟，见姥姥过去，亲热地叫声大娘，报上今日蛋价，姥姥递过鸡蛋，收钱，交易完毕。姥姥把钱展开，给我一些，余下的弄平整，用手绢包好，放进褂兜。

拿到零花钱，迷迷瞪瞪的我才算彻底清醒，这时集边卖早点的锅已冒着青烟，灶炉滋着火星，简易的木桌前放着板凳。烧饼油条、包子豆沫、炸圈枣糕，热气升腾，扑鼻而入。我最喜欢吃炸枣糕，红薯面团裹着枣泥馅儿，在锅里炸到金黄，一口咬下去，红褐色的枣泥溢出，酥香甜糯。买了早点吃着往里走，各色小贩早支好摊位，油盐酱醋、烟酒糖茶、生活用品五花八门，种类繁多。不少乡亲随便找个位置放下袋子，拿出板凳，有的面前放捆粉条，有的摆点干货，几扎青菜、半袋蘑菇，就算一个摊位了。大家多半是自产自销，价格也少有水分，身份更是随时转换，手里的刚卖完，又开始逛着买。

姥姥把家里要用的都一一买好，就轮到我扫货了。集上有各式各样的玩具，纸牌、弹弓、玻璃球、陀螺、风车等，反正总能买到自己喜欢的。一两个小时的时间，太阳越升越高，人潮便逐渐散去。一趟集逛下来，我们最多消费个块儿八毛的。回去时，姥姥篮子里多了些针头线脑和给姥爷带的早点。我肚里装着好吃的，兜里揣着好玩的，这差不多就是我赶集的全部意义。那时候日子虽然都不宽裕，但跟着姥姥姥爷从没感到过半点委屈。

直到现在，我对集市还有特殊的感情，每到一个城市，最想逛的还是热闹的步行街。小学二年级暑假，父母出差北京，带上了姥姥姥爷，我也跟着去了，这是姥姥去过最远的地方。

我们逛了北京的庙会，太热闹了，眼花缭乱。姥姥姥爷年岁大了，能买来穿的、用的已经很少，但爸给他俩买了许多东西，他就像小时候慷慨地给我买东西时的姥姥。姥姥一路都在数落他乱花钱，爸笑着不说话。爷爷奶奶去世时，我还不怎么记事，父母的父母，就只剩这两位老人了。爸买给姥爷的时尚太阳帽，姥爷最终也没怎么戴过，但现在我越来越理解当时的他。也许经历过离别，才更懂得珍惜，我们是该用力对眼前的长辈好，不然日后就算倾尽所有钱财，也无法将哪怕一双草鞋送到另一个世界。

我从小抵触照相，觉得拘谨着站在别人举着的铁盒子前百般不自在，洗出的照片也总觉得别扭不好看，所以我的照片一直以来都很少。

这张照片是姥姥让我照的。

我俩一起去别人的喜宴吃桌。散场后，姥姥把我扯到相机前。我不情愿，说：照了也不好看，给谁留着？姥姥说：给你自己留着，长大了你就想看了，长大了你就不记得姥姥了。

姥姥的话，说对了一半。

:: 8.

我推着车子走在熙熙攘攘的乡村集市，看见有个满头白发的老婆婆匍匐在地上卖着一篮鸡蛋，好像是姥姥，我走近弯下身，哇，真的是姥姥，开心又心酸。我痛嚷着：姥姥，你怎么在这里卖鸡蛋？你没钱花了吗？姥姥微笑着说：不缺钱，不缺钱，你不在家，家里鸡蛋吃不完了……我赶紧翻遍身上所有口袋，想拿钱给姥姥，一着急就醒了，是个梦。

我做过不少这样的梦。

直到小学，我才算正式离开了姥姥家，回县里念书。每年的寒暑假，我都会随父母回去探望他俩，每次回去，他们都更苍老一点，虽然我无数次劝告自己，这是生命的必然过程，但心里仍有莫名的焦急与恐慌，常常去了，就舍不得回。

初中，我有了自行车，自己能力所及的范围，终于扩展到了姥姥家。从县城到乡下，十多里路，我每隔一两个星期都会骑一次。拿上父母给的钱，买些葡萄干、香蕉、柿饼、芝麻糕等姥姥爱吃的零食，再批发一箱方便面、火腿肠等捎给姥爷，钱有余下的，就送到他俩手上。姥姥几乎从不在我手里接钱，每次我给她，她都掖回我兜里，每一次。她总说钱够用，让我拿着花。我再悄悄地把钱给她压在抽屉底，我是她带大的，我知道她放钱的地方。绕着家再整个转一圈，看什么东西缺了，就到集市上补齐。

姥姥是真喜欢打牌，喜欢到没怎么拒过牌局，但谈不上啥牌品，输赢决定情绪，情绪挂在脸上。我不喜欢她打牌，她去别人家打，我就半晌见不着她，别人来家里我又觉得乱哄哄的。可能是坐久了吧，姥姥开始腰疼，慢慢腰变得一圈牌都难以坚持。那个下午，我像往常一样过去，邻居大娘找姥姥打牌，她开心地从椅子上起身，表情抽搐了一下，又缓缓坐下，说不打了，以后都不打了，打不动了。那是个悲伤的下午，姥姥坐在我旁边，她真的老了，我来看她，她多数是慵懒地坐着、躺着，像一头快要风干的瘦绵羊，眼神祥和，看不到一丝欲望。她那双看着无力的手，曾无数次彻夜地帮我摇着蒲扇，驱赶蚊虫。她孱弱的怀抱，也曾是我童年所有的勇气和温暖。我握着她的手，静静地坐在她旁边，轻轻亲吻她布满皱纹的脸。七十岁时我亲她，她推搡：多大个孩子啦，你羞不羞？八十岁时我亲她，姥姥笑了，温暖地笑着。

夏天的时候，我在教室里上课，班主任敲门进来，把我叫走。我到校门口，爸搀扶着妈，在等我。爸说，跟学校请过假了，咱们一起去医院。妈泣不成声，双眼已经哭肿。我愣愣地跟在后面，没人告诉我什么，我也没问，但我都知道。

姥姥弥留之际，亲人们都赶到医院守在身边，怕姥爷受不了，把他送到舅舅家，由我陪着。我跟姥爷面对面坐着，他很平静，知道发生了什么，断断续续跟我讲着以前的事。我倒了杯热水给他，他没喝，捧在手上，过了许久，姥爷哭了，仰着头，没有泪水，更像是重重地喘气。

我第一次见姥爷情绪有这样的波动，也是最后一次。

我呆坐着，讲不出一句安慰的话。姥爷放下手中的茶杯，就再记不得我了。他起身走到门边，嘴里念叨着要走了。

姥姥十几岁嫁给姥爷，两人相伴近七十年。早年姥爷从军打仗，是个小官，为人朴素、沉默且豁达，在旁人看来，与爱抽烟、酗酒、打牌的姥姥格格不入。但两人相伴一生，鲜有摩擦。姥爷一向身体硬朗，竟在姥姥去世几小时后精神错乱、失忆，再没康复。因无法接受一人的离去，他选择忘了整个世界。

姥姥去世，家里办一场葬礼，送走了两个灵魂。

我回到姥姥家时，灵堂已经搭好，棺木摆在堂屋，父母、舅舅、舅妈和表哥表姐披麻戴孝，跪在周围。房间里都是哭声，我换了孝服，跪在后面，见来人就随着他们一起磕头。

晚上守灵，我起身走了走，家具都被挪动了。我跟妈一起来到里屋，打开抽屉，拿起铺在底部的软布，姥姥手绢折叠得整整齐齐放在那里，里面有没花完的零钱，还有我送的各种小物件。我把东西收拾了一下，装进兜里。我一直都没哭，虽然什么忙也帮不上，就只是跪在那里，但觉得自己像这个房间的主人，没人比我更想念姥姥，没人比我更了解这里。我跟着姥姥长大，我不哭，没人敢劝我。

总是要告别的，我早就知道，虽然害怕，但我在心里预演过无数次，所以一直偷偷加倍地去爱他们，换来此刻不用那么歇斯底里。

:: 9.

还有件挺俗的事儿，两个老人晚年再没精力喂养家禽，又不舍让院子空着，就买了些梧桐树苗，齐齐地栽上，家里就我跟表哥两个男孩儿，说等我们长大了，树也长成，留着给我俩娶媳妇。前年假期我回老家，表哥已经是两个孩子的爹了，他陪我来到老院，梧桐树早已长成，郁郁葱葱。我俩在林子里走着，说不出地温暖。

表哥问：真打算留外面了？

这话不少人问过，我也总答得不假思索，但那次偏就没答出口。我说：你婚都结了，我回不回来你都不许动我的林子。表哥说：呸，都给你留着。

这些年在外漂着，并非尽如人意。开心难过但没绝望过，想想也没啥大不了的，实在不行就滚回去，我还有片林子呢。

真想他们。

*

虎子
×
THREE

虎子虽然馋，但很听话，从没偷吃过任何东西。饭菜摆在桌上，它伸下脖子就能够着，但它只吃你给它的。如果说妞妞像个姑娘，那虎子就像个活泼又懂事的男孩。

虎子

七岁时，我们搬新家，在郊外有了个小院。白天家人各忙各的，家里没人，为了安全考虑，我们决定养只小狗。

它刚被抱来的那个傍晚，坐在纸箱里，头伸了出来，“嗷呜嗷呜”叫个不停。

起初它什么都不肯吃，后来实在饿得不行，慢慢吃了点东西。它在家里一圈一圈地转悠，一直叫着。我们担心它病了，找人看下，说没事，认生，还没把新环境当成家，急着回去呢。

吃饱后，它安静了许多。我在卧室旁边的屋里给它备了个纸箱，里面铺着毯子。夜里听到门沙沙响，打开，是它来了。我把它抱起放在身边，它卧成一团，依偎着我。醒来就摸摸它，我从没感到过那么快乐。

后来才知道它是德国牧羊犬，俗称狼狗，身上毛全黑，只有爪子和耳朵是黄的，走起来像个会动的毛球。

我俩很快熟了，我走一步它跟一步。那时狗的名字都很淳朴、很统一，黑的一般叫黑子，黄的叫大黄，这种又黑又黄的，就叫虎子。所以它就叫虎子。

虎子能有两个人的饭量，长得很快，不到一年，站起来就比我高了。我最大的乐趣就是放学回家跟它待在一起。我常最早到家，以前丢三落四，挂脖里的钥匙不知丢过多少把，常站在门口却进不了家。院子大门下有条缝，我想了个法子，出门前把钥匙顺着门缝塞回院里，回家时把钥匙掏出来就能开门。每次还不等我走到，听着脚步声的虎子早就冲过来抵着门。我把手伸进去，它又舔又挠，努力很久才能拿到钥匙。打开门，它必定双脚立起，扑进我怀里。

门口的小街有家卤肉店，算虎子命好。工艺落后，店里每次煮肉前都会烧一锅松香用于拔毛。等闻见刺鼻的煳焦味，再过个把钟头，就能蹲在门口等着捡他们剔下来不要的熟骨棒了。骨头很硬，虎子也就啃个味儿，一般咬不碎。啃累了，它就在院子里刨个坑，将骨头埋好。狗窝里藏不住剩食，过会儿它想起来，又去挖出，接着啃。我常逗它，它把骨头埋完前脚刚走，我趁它不注意挖出藏好，等它来挖，骨头已经不在了。它急得抓耳挠腮，刨得飞沙走石，不大会儿能有半米深。有我俩在，院子从来就没平整过。

虎子力气特别大，带它出门，永远都是它牵着我。可能是出于牧羊犬服从性强的天性，它很快就学会了很多简单的动作。它特别忠诚，任何时候看到主人被侵犯，都“呜呜”地龇牙保护着。虎子虽然馋，但很听话，从没偷吃过任何东西。饭菜摆在桌上，它伸下脖子就能够着，但它只吃你给它的。如果说妞妞像个姑娘，那虎子就像个活泼又懂事的男孩。我们在院子里给它搭了个小小的窝，但我妈说，我没在家时，它从不在窝里，总是趴在大门口守着等我。

时间一天天过着，我是跟虎子一起长大的。所有喜怒哀乐，都连在一起，我们是朋友，也是家人。

愿无岁月可回头

四年级暑假，家里修房子。运材料时来了很多生人，小院里挤得迈不开脚，虎子叫个不停。怕它伤人，也怕它被踩着，家人将它拴在了门口的小树上。不大会儿，院里收拾停当想牵它回来时，它却不见了。树上没有了狗绳，不像是挣脱，我们以为是哪个邻居带它去玩了。家人赶紧分头找，半天下来，将附近找遍，没任何踪影。一问才知，街里已经有好几条狗陆续丢失。

我们都慌了，一圈圈地绕着县城寻找，一刻不停，只有那种状态，才能片刻麻痹心里的不安。

表哥跑来帮忙，他大我些，认识几个辍学在社会上的朋友，向他们打听了县里常年收售狗肉店铺的位置。县城不大，他骑车载我，一家家地找。我们一路找到郊外，有家破旧的餐馆，门口牌子上写着“收狗”。大厅没人，我们推门进入后院。

我看见了虎子，它卧在一个磅秤旁，嘴上一圈圈地缠着铁丝，有白色的泡沫干在嘴角，腿上的毛磨掉了一大块，血肉模糊地裸露着。我冲过去疯狂地摇它，它再也没反应。

它死了，我想象不到它死前都经历了什么……

老板从里屋出来，看见我们，大概知道是怎么回事了。我俩没有讲话，拖起虎子的尸体往外走。他冲过来拽住，说狗是别人下午拉来卖给他的，到这儿就已经断气。见我们是小孩，他要阻拦。我抱起旁边的暖水瓶，摔碎在自己面前，滚水溅在身上，双脚没了感觉。老板愣住，松开手，再没靠近。我俩把虎子放在自行车后座，一路推着它回家。

家人报警后，将虎子埋了。

接下来一段日子，我的思绪是空白的，恍恍惚惚地总觉得虎子在自行车后座上醒来了，没有死，梦见它就睡在旁边。我分不清梦和现实，一切都模糊着，觉着喊一声，伸伸手，还能摸到活蹦乱跳的它，但清醒后知道，再也不能了。烫伤的脚起了大疱，掉了整整一层皮，疼得撕心裂肺，但疼起来反而觉得特别畅快，感觉自己总算为虎子做了点什么。

家人都很难过，平时尽量不提虎子。我觉得自己是男的，有泪就躲起来抹，整个暑假，没再出门。

开学后，我放学回家，走到门口，大门锁着，我下意识蹲下，把手伸进门缝，没有虎子捣乱了。我取出钥匙将门打开，再不见虎子扑来。心像突然裂了口子，血汩汩地流，我号啕大哭，童年结束了。

后来的很多年，虽然喜欢，但我没再养过狗了。狗寿命不及人长，也太笨，它们保护不了自己。我觉得养狗是用双手擎着一场迟早到来的心碎，本以为这辈子，我都不会养狗了。

遇到妞妞，是个意外。

妞妞以前的主人，是我的朋友。他也喜欢狗，从小就盼望着能有条暖暖的大狗，所以工作稍微稳定，他就迫不及待地抱养了妞妞。没想到刚养几天，他就被调去跑业务，每月有大半时间出差在外。妞妞生命中的前几个月，基本上被寄养在宠物店的笼子里。他怕妞妞受委屈，每次送去寄养，都买一堆零食留下。宠物店的员工们每天面对吱吱哇哇几十只猫狗，再柔软的心都被熬硬了。妞妞每次被接回，都像饿狼一样。他也知道妞妞吃了苦，着急但没办法。有次他出差，宠物店打电话说妞妞两天不吃不拉，怕是要生病，让他赶紧送医院或接回家调养，他赶不回来，就托我把妞妞先领走。

第一次见妞妞，它蜷在笼子的角落，把门打开，它一头扎在了我怀里。

到家后，它吃光了家里所有能吃的东西，所有的，然后整天还饿鬼一样，睡醒就盯着冰箱直哼哼。它总睡在房间的最里面，不愿出门，很怕自己出去了会再被送去寄养。

我知道跟它相处不了多久，它想吃啥，我都管够。不到一星期，它肥了一圈。

朋友从外地回来，差点没认出它，它身上原来的毛因为打结梳洗不顺都剃

掉了，新长出的绒毛洁白发亮，看起来干净许多，跟以前判若两狗。

朋友开心又犯愁，这次它总算没事，但不知道以后该怎么安置它。我一个人住，平时也挺忙的，确实没养狗的打算，只好由着他把妞妞带走。他们走后，我打扫房间，心里空落落的。朋友打电话来，问我有没有信得过的人，想养狗的，让我帮着找找，他要把妞妞送人，免得跟着他受罪。我拿着电话，心里揪得难受。看到地上妞妞临走啃一半的骨头，差点没哭出来。我说：别找啦，你等着，我这就去接它。

从此家里就有了妞妞。

我从没尝过狗肉，我知道，吃不吃狗肉是个人喜好，法不禁止，谁也无权干涉。但不管是出于善良还是您自身健康的考虑，请尽量选择有合法肉质来源的餐馆，以保证口中的食物不是来自盗窃、毒杀。别让您的餐桌，成为那些残忍、恶毒心灵的温床。

同时，每个狗主人也必须尽到义务，尽力做好宠物防病防疫，出门系紧牵引绳，别让它们乱叫扰民，并及时清理粪便。永远不能让别人坏了心情担待着自己的宠物。

在宠物店里见过一个小女孩，她把自己的狗狗送去寄养时一直抱着很不舍，跟店员说：它不会说话，受了欺负连状都告不了，请对它好点哈。

是啊，它们是我们的朋友，远不如我们强大，就算不爱，也请放过它们吧。

*

同　桌
×
FOUR

同桌一直是个自卑的人，他摸摸索索练了五年吉他，在我看来，弹得简直一级棒，但他从没在人前显摆过。他写了不少歌，也从没给女孩弹过。

他一直活在女孩的世界里，从没得到过女孩的认可，总觉得自己狗屁不是。

可能这世上最痛苦的，并非走了很久后碰到南墙，而是回首时才发现，自己走的，根本就不是路。所有的坚持，没人在乎，也没有意义。

同桌●○

下面给大家带来最后一首歌，朴树的《那些花儿》，舞台上的同桌穿着修身小西服，淡蓝色的衬衫，他自己报完幕，冲我笑了一下，端正坐姿，低头敛起了笑容，手指开始慢慢地在琴弦上跳动。

酒吧里暖暖的灯光照在他的脸上，他跟小时候的样子相比简直是天上地下，但我仍记得他第一次弹这首曲子时的样子。

人们总喜欢老歌，因为老歌里面存放着他们的过往，或喜或悲。音乐像座桥，有时能让人从整日的操劳繁忙中抽身而出，穿越回曾经的某个时刻，享受着记忆里的宁静与安详。

那些笑声让我想起我的那些花儿，在我生命中的每个角落静静地开着。

我缩在卡座里看着台上，老歌、美酒……尘封的思绪像墨汁滴进了清水，迅速地氤氲开来。

我和同桌初一时就认识了，开学第一天分座位，很不幸地跟他成了同桌。

他拎着书包放课桌上，一屁股坐碎了我所有的梦……

我烧香拜佛，苦苦祷告，不就盼着同桌能是个漂亮妹子嘛……各路神仙都欠我一个公道。

我预想的剧情该是这样子的：初中我和我的美女同桌朝夕相处、日久生情，高中我和她在老师、家长的万般阻拦下依然爱得天崩地裂、死去活来，大学我才得知她的显赫身世，她爸是霸道总裁或者国王啥的，我淡然地接受了生活的安排，因为爱……最终一不小心继承了所有。

再看一眼现实，心碎了无痕，不是美女也就算了，这货甚至不是个女的。

再怎么心如死灰，面儿上还是得过得去。打量他一下，不高不帅，穿着有些褪色的蓝褂子，有点呆。他回望了我一眼，点点头，就算打招呼了。

从 Beyond 到街机，从《七龙珠》到 NBA，聊了一节课，我们就成了朋友。

班上人多，怕学生长期坐固定座位影响视力，老师规定每两个礼拜座位以排为单位随机换一下。这规定不错，班上 90% 的小情侣都是这么换来换去换出来的。

十四五岁的感情可能还算不上爱吧，更多的是新鲜和好奇。同桌就是那时，喜欢上了我们前座的一个女孩，莫名其妙的。

女孩长得还行，瘦瘦弱弱，学习挺好，性格内向。

不怎么爱说话，顶多算内向。但被人追捧着，还不怎么爱说话，就是高冷了。

遇到同桌以后，女孩就高冷了。

同桌向女孩表达了自己的喜欢，女孩没搭理他。同桌不在意，他也不知道爱情该是什么样子，就觉得这样单向地喜欢着，心里就满满的，不求回应。

一个初中小孩能为心上人做的一切，他都试过。

他不算死皮赖脸的人，从没敢打扰过女孩的学习、生活。对女孩好都小心翼翼、唯唯诺诺的。他送给女孩的零食，女孩能转送给别人；他写的情书，女孩能不当他面撕了，他都觉得满足。

就我知道的，他给女孩写了几十封情书，诗词歌赋、家长里短的。

没任何回音。

他问我女孩为啥从不给他回信，我说：可能是你文采太差，人家不懂你的真情。我自告奋勇地替他写了一封，洋洋洒洒上千字，我个人很满意，我要是女的，读到一半估计就嫁了。

还是没回音。

我跟同桌说：算了吧，她不爱你。

我们有英语课，平时会练听力，主要是用那种挂在黑板上的小喇叭放，刺刺啦啦的。

同桌攒钱给女孩买了一个随身听，八百多块，进口的！他家庭条件很一般，每天吃饭加零花钱不到两块，我一直想不通他是怎么完成那么巨大工程的，生怕他偷了抢了，哪天上着课就被铐走了……终于还是问了他。

同桌说：别闹，我攒的，攒了很久。

随身听女孩收下了，但还是不喜欢他。

同桌知道女孩喜欢吉他，中学暑假，他花了两百块报了吉他班。那地儿我跟着去过一趟，在郊外，骑车要很久，教室破得吼一嗓子能震掉水泥。鼓手都是敲两棍子，缩缩脖子，再看看房顶，感觉随时都有生命危险。

他一直坚持着，希望有一天能给女孩写歌，能弹给她听。

我一直不喜欢那女孩，首先我亲自写的情书她没回，一看就没啥造诣。其次我认为她收了人家礼物又不跟人家谈恋爱，这不冷不热的态度，就是耍流氓。

万万没想到，同桌就这么喜欢了女孩九年。

初中三年、高中三年、大专三年。

高考完，同桌是全校最后一个填志愿的。女孩读的本科，他选了女孩所在的城市读大专，一个不知所云的专业。

我那时问同桌：你就这么一直等着她喜欢你？

同桌说：也不是，喜不喜欢我都没事，我发信息时，她能回一下，我就心满意足了。

本科四年，大专三年。同桌毕业时，女孩读大三。

女孩在大三的时候，有了男朋友，不是同桌。

同桌一直是个自卑的人，他摸摸索索练了五年吉他，在我看来，弹得简直一级棒，但他从没在人前显摆过。他写了不少歌，也从没给女孩弹过。

他一直活在女孩的世界里，从没得到过女孩的认可，总觉得自己狗屁不是。

可能这世上最痛苦的，并非走了很久后碰到南墙，而是回首时才发现，自己走的，根本就不是路。所有的坚持，没人在乎，也没有意义。

没有烂醉如泥，也没有仰天长啸，同桌辞去了联系好的实习，默默地回了家乡，消沉很久。

然后我接到了他的婚讯。

同桌结婚时我去了，新娘是邻县的，他俩经亲戚介绍认识，谈了三个月恋爱，然后结婚。

按照习俗，婚礼当天在我们那儿租了间酒店布置新房，新娘在里面等，新郎带人去迎娶。

新娘的娘家来了许多小姑娘，热热闹闹地要玩游戏，规则是她们在房间藏起新娘的一只鞋，新郎要找到才能接新娘走，但新郎每翻一个地方，要发一个红包。

同桌身上的红包很快发完了，鞋子还没找到。

同桌说：楼下车上还有红包，我再去拿！

新娘笑盈盈地站起来，拉住他说：你找不到的，她们藏我身上了，咱不惯着她们，我跟你走。

我只见过新娘一次，但由衷地为同桌开心。

婚礼上，我们忙得没喘息的机会，焦头烂额，但此刻他们眼里尘埃落定，安静祥和。

上次一起吃饭。

我问同桌：你放下过了吗？在心里。

同桌说：嗯，彻底放下了。

我问：从什么时候？

同桌说：我结婚后的第一个情人节，她深夜给我发了条信息，说“情人节快乐呀”。

我问：信息里还带个“呀”？

同桌说：是啊，还带个“呀”。

我问：你怎么回复的?

同桌说：我没回。

这小酒吧是同桌邻居开的，生意半死不活。酒吧有个舞台，邻居知道他会弹吉他，让他没事就来弹着玩玩，活跃活跃气氛。同桌说他常去。

同桌在台上一首接一首地自弹自唱，我在卡座看着。挺像那么回事儿，反正好听。

台下有客人开玩笑起哄：哥们儿，这首唱跑调了，这歌上次你唱过，跟这次调不一样。

同桌手里拨着和弦没停，说：这歌是我自己写的，唱啥是啥，不存在跑调。咱俩这对话都算歌的一部分。

同桌现在也没大富大贵，但活得挺开心的。他说在这儿弹琴有收入呢，算兼职，赚了钱攒着，带媳妇去旅游。

爱，能让人自卑，也能治愈自卑。

*

波仔

×

FIVE

薄情并快乐地活着吧波仔，不管你认不认我，我都一厢情愿是你的家人。

波仔●○

:: 1.

2011年初冬，我在宝安租了房子，搬家时下雨，把行李扔到房间，躺在床上累得懒得拆开。突然想吃菠萝，我就打着伞去买，过马路时看到了它，约有烟盒那么大吧，全身湿透，双眼紧闭着，很威武地站在马路正中间。我蹲下，用手指戳戳它，它不会动了，就把它捧了回来。

:: 2.

它看起来是那么小，小到让人不太敢奢望它能活下来。到家后，我给它擦了擦脸，它努力地半睁着眼。我看了下，它还没长牙，就到宠物店买了注射器和奶粉，一点一点给它喂了两管。

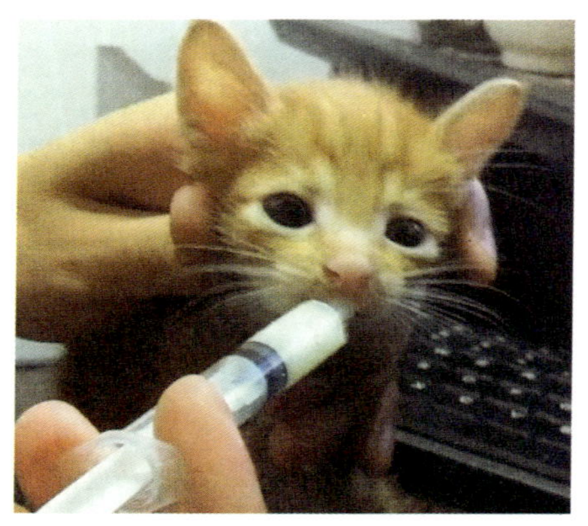

估摸着它吃饱后，就拿毛巾把它卷了下，放在枕边。心一直悬着，生怕它断气儿，几乎听不到它呼吸的声音，鼻孔一张一合地颤动是它活着的唯一迹象。

但它也真给面子，居然这么顽强地活了下来。它是母的，尾巴断成了倒 L 形，很酷炫，我给它取个名字，叫波仔。

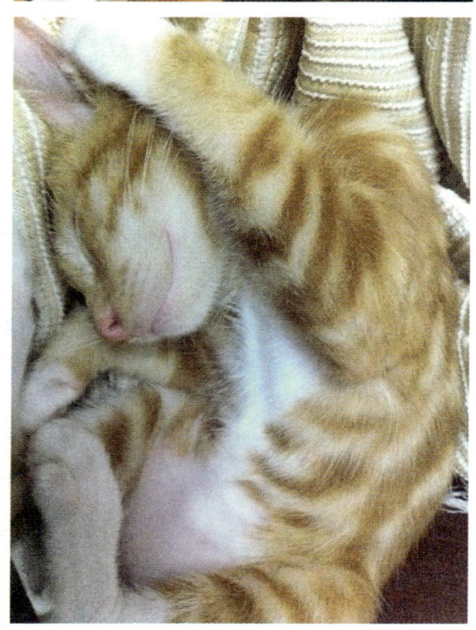

:: 3.

几天后，它慢慢有了精气神，因为还没尖尖的爪子，不能爬高上低，它开始满屋溜达，我走路、开门都得小心翼翼，生怕踩着它。我用纸盒、旧衣服给它做了个窝，它不喜欢，困了总睡在我鞋里，我常常拿起鞋正准备往里蹬时，它“喵呜”一声跳了出来。

:: 4.

一包奶粉还没喂完，它的牙齿和指甲就长得差不多了。我买了根香肠给它，它一口气吃完，从此不再喝一口奶。我后悔了挺久，该把那包奶粉喂完再让它知道这世上还有肉。除此之外，波仔从不挑食，吃什么都狼吞虎咽，很快它的小肚子就圆了起来……

:: 5.

它是我见过的最野的猫了，我俩同住一间屋子，但很少打照面。它每天睡觉的地方都不同，醒来就开始满屋乱窜，来去一阵风。跑累了就挠我的鞋，抓我裤子。好好的鞋硬生生被它挠成翻毛皮，我干脆买了翻毛皮的登山鞋、粗布裤子，随便挠！虽然常宅着不出门，但我穿得像个驴友。它最爱的恶作剧是爬上我旁边的窗帘，然后咚的一下跳到我背上，我常被它惊得吱哇乱叫，抓起拖鞋满屋撵着它追。

一开始它总随地大小便，我给它刨了盆沙子让它当厕所，它把沙盆打理得干干净净

卧在里面睡觉，然后尿在厨房里。我每天帮它扫干净，撮起来放进沙盆，坚持了一个礼拜，它才反应过来那是厕所，也总算开始守了点规矩。

:: 6.

它的爪子和牙齿都能够伤到我时，我带它去宠物医院打了疫苗，医生说从没见过这么躁动的猫。

它总是生跳蚤，自己反复地抓挠舔毛，在宠物店洗次澡要几十块，我只好自己给它洗澡、上药。它非常不配合，我手上大大小小的抓痕不断。我摁住它将它的指甲剪平，它气得当晚尿在了我床上。

天越来越冷，它喜欢睡在路由器和笔记本键盘上。只有过一次，它主动走来，卧在我旁边，倚着我胳膊睡着，我受宠若惊地摸了摸它，它又很嫌弃地走开了。

:: 7.

我住二楼，它经常把头从防盗窗间隙伸出去，很陶醉地看着外面，“喵呜喵呜”地叫。我带它出过几次门，它到处乱跑，每次我都差点把它弄丢。

我每天出门前给它换上干净的水，把猫粮摆好。在我俩不多的交集里，最温馨的时刻莫过于开门回家，它总是开心地迎过来，站起来搂着我裤腿，或者趴在我脚上，我就这么拖着它在屋里走一圈，然后我们各忙各的。

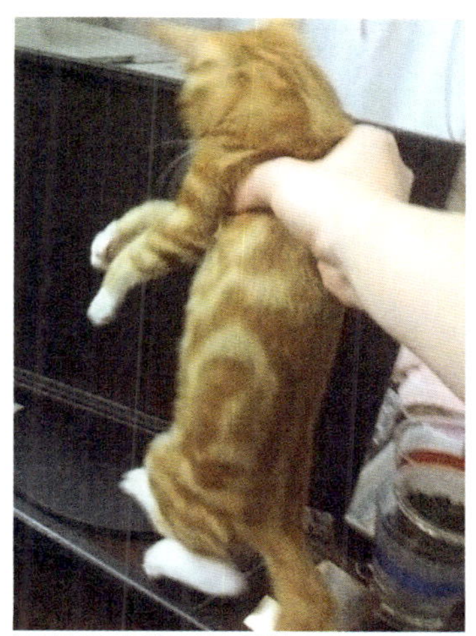

:: 8.

才不到半年时间，它已经长到了 A4 纸那么长，更加强壮，更加活泼，更频繁地在房间里飞檐走壁，也更喜欢把头伸出窗外“喵呜喵呜”地叫。

:: 9.

有一天，我忙完回来，它不见了。我把房间翻遍，又跑到楼下用手电找遍了整个小区，没有。我有点难过，也松了口气，没摔着就好。

接下来几乎所有业余的时间，我都在找它。它的东西我也没扔，帮它刨了盆新的沙子，放在原地。我常把拆开的香肠放在小区的角落、楼道，怕它饿着。每天最激动的时刻就是掏钥匙打开家门，盼着它回来了。有时刚进屋会有脚一沉的错觉，像是再一次被它抱住裤腿，趴在了脚上。但每次低头，每次失望。

两个月后，我因工作原因搬到了罗湖，与之前的住处隔了几十公里。我没想过能再遇到它，只希望它还活着。

转眼两年过去，我到宝安办事，路过以前租住的地方，很怀念，就随处转转。我在草丛里看到了它，背对着我，倒 L 形的尾巴，毛色比以前更亮了，黄黄的像只小老虎。我激动得说不出话来，轻轻叫了声：波仔。它没有回头，如以前一样高冷，嗖的一下跑走了。

真开心，波仔，薄情并快乐地活着吧。不管你认不认我，我都一厢情愿是你的家人。

*

愿无岁月可回头

×SIX

后来我问王南：遇到张龄南，后悔吗?

他说：一点也不，你看我的牙现在多整齐……

张龄南家在市里，王南住乡下，按说隔百十公里呢，他们能遇上，多亏了我们那儿有所在省里还挺出名的高中，他俩就都考到了县里。

王南是男的，张龄南是女的，我们三个同岁，分在了一个班。

高中本就辛苦，我们偏又是最倒霉的一届。赶到我们入学，学校万恶的新校区竣工了……像一所矗立在荒漠中的监狱，周边全是摊平了土待建的工地。我们唯一的课外活动就是一人拿把铲子，帮学校垫操场。

学校军事化管理，所有人吃住都不准出校。每礼拜放半天假，半天……

王南家离学校有十几公里，班车又不方便，半天的假，他就是刚到家转身就往学校跑，都不一定来得及。那时我爸刚好在他们乡上班，每礼拜都要骑着他的小摩托车披风戴雨地来回突突几趟。我们认识后，他家里平时想给他捎啥东西就直接交给我爸，这样王南放假直接到我家拿就行，方便了许多。他家地里摘了啥新鲜东西，一定会塞一堆让我爸带回来吃。很快我俩就是很好的朋友了，两家人也像亲戚。

王南很瘦，又白，平时总站得笔直，走路很快，而且极不爱说话，给人的感觉是拘谨又朴实。他有个特点是从不骂人，真的！平时讲话连一个脏字都没带过！这让我们这群不带个脏口头禅不会开口讲话的家伙特别费解，努力感化过他许多次，未遂。他说他父母也从来都不会骂人。

是张龄南先喜欢王南的。

我们都很诧异，张龄南长得漂亮，又是市里来的，家庭条件很好，跟王南除了名字重一个字，其他全部格格不入。

张龄南从没掩饰过对王南的喜欢，平时总想跟他多说几句，哪怕只在他旁边站一会儿、看几眼，都开心。

王南知道张龄南的心思，他也从不装傻，跟张龄南说：不行啊朋友，咱现在不能在一起，太耽误念书了。你看我这身板，家里数我最没出息了，农活儿都干不动，必须念书念出去，不然没退路啊。

张龄南懒得理他，说：算了吧你，别挣扎了，咱俩没在一起时，你这书也念得不咋样，还不如被我耽误耽误。你身板不行，我行啊，啥活儿都干得动，万一嫁给你了，你就饿不着了。

张龄南每次回家都带些好吃、好用的回来，拿给王南。王南小心翼翼地推辞着，实在推不掉收下了，就一定想办法拿其他东西还上。王南特别大方，这种性格，跟穷富无关。他也没啥好送的，家里捎过来什么吃的，他就分张龄南一些。张龄南特别喜欢，说他家的花生是她吃过的最香的，他妈妈做的辣椒酱也好吃到每顿饭都离不了，这辈子必须嫁过去。

学校不仅吃的不咋地，关键喝的水也不好。一盆水接下来，半盆沙子，洗把脸，干了后白蒙蒙的一层。这么过了半学期，大家的精神状态普遍蔫蔫的。学校想来想去也没发现啥改善环境的好办法，就决定先改善学生体质。管理层一研究，做了个更万恶的决定：所有人每天早起一小时，统一到操场跑步……

天渐渐冷起来，为防止大家偷懒，学校要求跑步时各班主任都要到场监督。

张龄南在一次跑步的过程中，突然晕倒了。

慌乱得大家把她围起来，不知怎么办好。王南从人群中冲了过去，蹲下摇了摇张龄南，见没反应后抱起她就往医务室跑。

到医务室他告诉医生，张龄南曾跟他说过自己肚子饿或运动时就会头晕、心慌，当时检查说因为血糖过低。

医生赶紧给她打上了点滴，又口服了些糖。张龄南渐渐清醒了，躺在医务室的小床上，开心得不行。她大致知道发生了什么，眉飞色舞地问王南：你咋回事？这不劲儿挺大的嘛！你在家是故意装着不想干活儿吧！是不是想通了要跟我在一起？

王南说：没，也没多大劲儿，你平时可真没少吃，跑这一趟胳膊都快累脱臼了。看你晕在那儿太没出息了，脑子一热就把你扛过来了。

不知聊了多久，医生过来，看见张龄南的手，又气又想笑。挂着点滴，他俩连说带比画的，针头早就移位了，葡萄糖一滴也没再输到血管里，都堆在了手上，肿起了鹅蛋大的包……

医生推搡着把王南撵回去上课，问张龄南：手肿成这样你自己就没发现？你就不疼？

张龄南说：不疼。

大家朝夕相处，其实班里每个人都知道他俩关系好。可学校规定，谈恋爱是要被开除的。他俩人好，大伙儿都喜欢他们，就从不议论这些，小心翼翼地帮他们守护着这点小秘密，像呵护自己心里那颗尚未发芽，或注定难以开花结果的种子。但这事一闹，那么多老师在场，他俩就算公开了。

班主任要求见他俩的家长。张龄南跟王南说：别担心，有我妈呢，她很开明。

张龄南把一切都对她妈妈如实相告了。她妈妈第二天就来了，先去见了老师，又见了他俩。

这是王南第一次见张龄南的妈妈。张龄南的爸爸前几年去世后，她妈妈受了很大的打击，把家里原本红火的生意停了，钱置成不动产出租，顾上家里的一切开支，母女俩相依为命。张龄南说过，她妈妈还资助着几个山区的孩子，上次暑假，张岭南想让妈妈带着她一起去资助孩子的山区看看，她建议别总资助几个人，把钱买成文具等拿云发给所有孩子，就当去散心了。妈妈不同意，说散心可以去很多地方，没必要为了虚荣专门跑去那里，默默在背后帮孩子们就行了。也不用试着去爱所有人，把能顾到的都照顾好就足够了。恩怨分明是豪杰，在王南看来，张龄南的妈妈心里慈悲又透亮，让他有种说不出的信任、敬畏。就这样一个人，并没有阻止他跟自己的女儿在一起，并没有瞧不起他。她妈妈说，已经跟老师解释过张龄南有低血糖症，怕学校再为难他俩，还撒了个小谎说她跟王南的父母都是好朋友，是她拜托王南平时多照顾张龄南。她妈妈说不反对他们就这么相处，但要有底线，在这个年龄尽量多学点东西才是天经地义的。

他俩从没有过什么过分的行为，也没造成啥恶劣影响，学校就不了了之了。

高二文理分科。张龄南学文，王南读理。我也选了理科，又跟王南分到了一个班。当时成绩差的选科这事于我来说像局外人一样。问我爹该咋选，我爹大手一挥，男孩子读理科好！我就选了理科……我物理、化学加起来从没超过 30 分，我选了理科……直到现在一做噩梦就是考化学呢，所以我以后就算不孝顺我爹那也是有原因的。

他俩没在一个班，相处的时间就少了许多。校门口的高考倒计时牌还剩两百多天时，王南的牙突然坏了。牙疼真的是病，并且疼起来要人命。常常见他上课时疼得一头冷汗，趴在桌子上。校医务室只能看一些头疼发热的小病，对这种病也没啥好的办法。张龄南每天都跟他一起到食堂吃饭。王南牙疼得已经完全不能沾任何热东西了，张龄南就提前一节课帮他泡好面放桌子里，到午间刚好泡软、冷了，再拿给王南。

挨到周末，张龄南的妈妈来了，说她有个同学是市里挺有名的牙医，她要带王南过去看看，不能总这么挺着。王南极力地拒绝，甚至有些生气张龄南私自把这些告诉了她妈妈，但母女俩态度坚决，他只好硬着头皮跟着去了。

检查结果大体是因为王南有颗牙正不按套路地疯长，之前已经让周边的牙参差不齐了，现在应该是压迫到了神经，就开始剧痛。医生建议立即把坏牙拔除，再戴上牙套整体矫正。王南想了想，说要回家拿钱，再来做手术。张龄南的妈妈说不要钱的，本来小手术也用不了啥钱，这又是她最好的朋友，她已经告诉医生这是自家的孩子，无论如何都不会要钱的。况且他现在正备考，时间比什么都重要，哪有空这么来回折腾啊？王南拗不过她们母女俩，就把手术做了。

一个礼拜后，伤口愈合，趁放假，张龄南又陪他坐大巴回到诊所让医生给他戴上了矫正牙套。回来时，张龄南咯咯咯咯笑了一路，她们母女俩一手把王南弄成牙套男了。

我们一起经历了高考。

对两个学习一般又文理科不同的学生来说，能选择的余地并不算多。他们很努力地想去一个城市，但没成功。张龄南去了重庆，王南到了北京。我倒是想选择，但成绩把我限制得死死的。我拉着箱子，去武汉深造了。

大学的日子，他俩跟许多异地的情侣一样，把大部分钱都花在了话费和去见对方的路上。张龄南经济条件比王南好太多，她处处想着能照顾他一点。王南也倔强，多受一点恩惠就如针毡在身，他挤出了课余所有的时间打零工，多攒点。张龄南要的，只要他有，从没一个不字。张龄南也体谅他，从没许过他难以承受的愿望。张龄南想把所有情侣能做的事都做尽，想文身，文那种最low的——彼此的名字。她带着王南去见她所有的至亲、朋友，想让所有人知道他们有了对方。她想把路都走绝，不留一点以后还会分开的念想。

大三的下半学期，王南发信息问我，武汉好不好玩。我说好玩，景色秀丽，四季如春，你来吧。

我把平时堆满行李的上铺收拾干净，从火车站接了王南，我们又成了上下铺，一切像回到了几年前。

第二天是圣诞节，白天睡一整天。傍晚时，我们从武昌坐公交车去汉口玩。我俩穿过人潮涌动的步行街，坐在江滩上。深夜的时候，我们沿着马路慢慢往回走。

王南说，他跟张龄南分开了。

还有一年毕业，张龄南想毕业就跟他在一起，不管在哪儿，都嫁给他。可他拿什么娶她？他一无所有啊！他课余时间去打零工，发一下午传单六十块钱。从重庆到北京，他俩见一面的花销，他要连着在街头站好多天，发上万张传单。这一切没什么值得骄傲的，更不浪漫，如果这样能让张龄南幸福，再苦他也愿意，可这远远不够啊！没工打的日子，他在宿舍坐会儿就觉得煎熬，可出门又不知该往哪儿走，他太怕这种感觉了。

他知道自己还有很长的路要走，这一路会很苦、很不体面。张龄南是他最亲近的人了，无论如何都愿意陪他一起，但他不愿，他不想让她看到自己狼狈的样子，不想让她有朝一日跟自己一起为难。他知道，家里种的花生再好吃，也就吃个新鲜，如果不能让张龄南生活得很好，他就永远无法面对张龄南的妈妈的眼睛，那是他的恩人。他更没想过要从张龄南家里得到任何资助。

他在电话里说了几次要分开，张龄南不同意，疯了一样地找他。他避着不见，他知道如果见面了，也就分不开了。他也心如刀绞。他接到了他妈妈从老家打来的电话，张龄南找到了他家。可他妈妈又能劝什么呢？怕辜负了但更怕耽误了人家姑娘啊，只能抱头痛哭。王南让他妈妈把电话给张龄南，说：南南，你这样我更难受，让我走吧，我真的决定了。

他们在一起这么久，说话要么开心，要么难过，从来没有这么认真、平静过。张龄南哭得说不出话，挂了电话，真的再没找他了。

从汉口到武昌，十多公里，我俩一直走到天亮。

大四，学校没那么多课了，可以签相对稳定点的用工合同，他就一直在烤肉店打工，把赚的每一分钱都存起来。他换了自己的所有联系方式，几乎断了跟全部朋友的往来。

毕业后，他应聘到一家电梯公司，做销售。这种只拿一点点底薪，全部靠业绩提成的工作，大家通常都当作学学经验，熬过应届生一年的跳板。

只有他在认真做。他喜欢这种多劳多得、按劳分配的模式。

他背着电脑、资料，几天一个城市，天南地北地跑，从不觉得苦，有啥苦的？以前站街边发传单也苦，但现在有奔头了。

一年多里，团队一半以上的单都是他一个人签的。

青岛分公司缺人，算是个机会，但没人想去。虽然大家在这儿也是漂着，但谁也不想再一次背井离乡。

他愿意去，反正在哪儿都没家，漂到能挣更多的地方吧。

电梯市场竞争也很大，公司为了多卖一些，许多电梯装在新楼盘都分文未收，帮开发商垫资，等于先赊出去，房子卖掉了再收款。东西运过去拿到的只是一纸合约。他永远在签单、催款，遇到问题又得到法院诉讼、执行。

他比大多数同龄人赚得都多了，能有啥特别的技巧啊？他说自己看到被绿色安全网包裹的工地就条件反射地激动，想进去打开电脑，推销电梯。他年夜饭是在火车上吃的，赶着去处理事故赔偿。

青岛的房价不算很贵，他交了首付，也买了车。车上没任何装饰，连个挂件都没，房子也是简装。他把父母接到身边，在外面算安了个家。虽谈不上大富大贵，但总算能看到未来的路了，能够赚钱养活自己、养活家人了。

能够养活张龄南了。

他拨通了那个在心里念过无数次的电话号码，停机。

他像个心虚的小偷，在互联网上搜索着张龄南留下的一切痕迹。

分开后，张龄南毕业了，毕业照是在校门口拍的，她抱膝坐在草坪上。

张龄南献血了，站在志愿者队伍里，眼神有些紧张，但很坚定。

张龄南工作了，穿着朴素的工装，端庄地坐着，还挺像那么回事儿的。

张龄南结婚了，挽着爱人的手……

没有一丝意外，很奇怪的感觉，他俩再没联系过，但他像早就知道这一切，张龄南从不曾瞒他，在心里也从没离开过他。

一切那么熟悉，但都跟他没关系了，咫尺天涯。

他照常工作，没时间驻足在任何一种情绪里。生活如逆水行舟，他像只飞在海上的鸟，背后和身下都是苍茫的大海，只能不停地向前飞，不管对岸还有没有等待。

日子虽然忙碌、麻木，但很充实。曾经憧憬、仰望的一切，得到后也不过如此。最想邀功的那个人不在了，一切的欢乐和悲伤像浪花打在石头上，再也进不到心里。

张龄南过得挺好的，他远远地看一眼，就很满足，能感受她的幸福，跟她一起伤心、快乐。分开并没有什么，时间没有尽头，大家总会在某个点重逢，现在不过是换了一种方式相处。他也挺好的，一切是自己选的。他说服了自己做许多事，但无法让自己不难过。

经济宽裕后，他也捐钱到山区助学，不多，每月汇点，力所能及。他说这是最有成就感的事，感觉自己不那么卑微、渺小，出息了，都能帮别人了。钱虽汇到了别处，但都像花在了自己身上，心里。每次回老家，他都去看我父母，带许多乱七八糟的好东西，推辞不掉，说上学时没少吃我家的饭，太受我爸妈照顾了。

分开这么久，他没跟别人在一起过。

他去了很多地方，有他俩以前去过的，也有没去的，有的带着父母，有的独自。他自己去的那些地方，连张照片都没拍过，只是走走。看了许多陌生的风景，也见了不少人，但即使处在极致的繁华都市也感到孤单，终于敢回忆起以前的日子了。在去市里诊所的大巴车上，空气污浊，他头晕又牙疼，但一切那么美好，张龄南在旁边，握着他的手。现在他一个人，走到哪儿，也只是个地方。他喜欢的，只是在远方，能牵着张龄南的手。

他在网上，看到一段话：

“养了十三年的乌龟从不在我房间过夜，它喜欢潮湿、黑暗的角落，但这几天它一直待在我的房间。我上床睡觉，它便爬过来紧紧挨着床沿。夜里它来回走动的样子像极了人走路。我起身把它抱出去，清晨醒来见它又爬回来了。我开玩笑低头说：你找我有事啊？今天它安静地死去了。我难过是因为，它一直在和我说，再见了。”

心酸了很久，终于知道自己在遗憾什么。

他觉得自己都不如那只乌龟，在一起那么久，到最后，都没能跟张龄南好好道个别。

我们上次见面，是他带父母去香港，路过深圳。

我说你不能总这么闷闷不乐的。他说好多了，会越来越好，肯定是要往前走的，活在回忆里太痛苦了。

他说他去做过两次心理疏导，两个医生，两种说法。一位说这段感情里，自私的是他，自卑是自私，脆弱也是。他固执地想给别人未必想要的生活，没有信任别人的爱。一别几年，杳无音信，女孩能有多少年用来等？最终的这一切，他保护了自己，也只感动了自己。他只取得了自己认为的所谓成功，但也许在她眼里，能不离不弃，同甘共苦才是成功，别让她在最需要的时候找不到，才是成功。

另一位说并不怪他，他们都没错，只是在那时，不太适合。他并没独断什么，每个选择，冥冥中都受着她的引导。他改变不了自己的性格，也说服不了自己不去悲凉、心酸。带着压力的爱并没让他强大、勇敢起来。他不可能永远踮着脚活，他有权让自己心里轻松些。

我问他：你觉得谁说得对？

他没讲话。

我又问：遇到张龄南，后悔吗？

他说：一点也不，你看我的牙现在多整齐……

*

刘匿名

×

SEVEN

刘匿名说她走了以后，鱼都死了，他像住在山洞里。家里除了他，那缸鱼是唯一的活物了。他感觉自己的生活就像那些鱼，死透透的。分开没带给他丝毫自由，一切像失去了支点，所有努力都不再有意义。他说他也要走了，现在就去找她……

刘匿名●○

刘匿名是我在深圳认识最早的朋友。

当年大家都刚毕业，同一批被招进公司，他坐在我旁边的卡座。一个礼拜后，新员工拓展训练，我们被公司的大巴拉到海边。培训讲师在沙滩上象征性地喊了一会儿，大家就一窝蜂地去海里玩水。

我独自在沙滩上溜达，走了一会儿，看到了刘匿名。他正撅着屁股把沙滩上搁浅的小鱼一条条往海里扔……鸡汤文读了不少，但活生生的鸡汤事还是第一次见。他看见我，挺不好意思的，可能也觉得自己的行为有点圣母了，跟我打了个招呼，我们就地坐下聊了起来。

他也刚来不久，家不在这边，来深圳是为了找早他一届毕业的女朋友。他女朋友也争气，在一个销售家具的公司从行政做起，没一年就做到了总经理助理，遗憾的是人家现在不太想搭理他了。他挺郁闷，来之前的一年跟女朋友是异地恋，感情还好，假期也互相走动着聚聚，但这次过来，一切突然变了。

最郁闷的是他过来后，还自负地租了间房子，一年期，交了三个月房租为定金，本想着跟女朋友算有个小家了，呵呵……房子他转了一个月也没转出去，只好自己住下，在周边找个工作，先把自己养活了再做打算。

回到公司后，我俩就成了朋友，没事时聊聊天，中午一起吃饭。公司的氛围很奇怪，拖拉着完成基本工作，得过且过，就能待得安稳平顺。谁积极进取，反而要被冷嘲热讽，举步维艰。本来工资就不高，也没啥出路，所以我们觉得这种废物养成机制还挺好的。

我每天表情严肃地玩着电脑，他蚂蚁搬家一样运来了一堆书，问他干啥，他说要自学司法考试。我说你大学念的也不是法律啊，他说其他专业也能考，反正闲着也是闲着。

当时公司有宿舍，我住不用花钱，每月还能剩下点。他就比较惨了，工资交了房租基本啥也不剩，他一直想把房子转租出去……

时间一天天过着，我保持每天最少看三部电影。他戴着耳机，呜呜啦啦地听各种课件，划拉着讲义，翻书做题，都挺充实的。

在这期间，他交到了女朋友，以最 low 的方式……他姨给他安排的相亲。

他俩感情挺好的，不久他女朋友就搬进了他租的小家。多了一个人的工资，他的经济才算缓过来点，没那么捉襟见肘了。他俩请我去家里坐过一次，比我想的还小，不到 20 平方米，进屋就一张大床，厨房在走廊里，卫生间的淋浴装在马桶上面，洗澡不能上厕所，上厕所不能洗澡，电脑只能摆窗台上。

但一切都被他女朋友收拾得井井有条，养了植物，贴了壁纸，床边还摆了块厚实的小垫子，他女朋友做完瑜伽就监督他做仰卧起坐。

他女朋友个子不高，偏瘦，扎马尾，话不多，白净又随和。她给我们做了顿饭，好吃得哭了。

转眼到了8月份，刘匿名说他快考试了，想脱产冲刺下。我问他怎么脱，他说他还继续来公司学习，他的工作就由我帮他做了……我们部门一点都不忙，每天待8小时，真正做事的时间不到40分钟。我答应了下来。他很感激，这样他就不会总被工作打扰，他说中断一下课件再继续听，思路要很久才能跟上。

大概9月中旬吧，考试前夕，他眼睛熬坏了，别说看书，睁一会儿就畏光、流泪，不能在公司磨洋工了，只好请假回家养着。我去他家里看他，他瘫在床上，他女朋友也请了长假，坐窗台上给他一道一道地念题目，他闭着眼睛答。

他就这么颤巍巍地撑完了考试，又回到公司上班。我觉得在公司差不多待满一年了，再跳槽也是有工作经验的人，不算应届生了，就投着简历，办了辞职。问他有啥打算，他说考试结果要两个月后才出来，他先等等，如果过了，就试着当律师，没过的话再做打算。

两个月后，等来了他的好消息，考试通过了。我们出去大吃了一顿，他说他先不打算做律师了，他已经问清楚了，从通过考试到真正拿到律师执业证独立接案还有很长一个过程，这过程最快也得两年，其间还要实习、培训、面试、考核……他想快点挣钱，不能再让女朋友跟着自己受苦了。他跳槽到了一家豪车公司做销售，基本工资加提成，比以前宽裕多了。

接下来的一年，我们住的隔了两个区，彼此都忙，逢假期才能聚聚。我问他几百万的车难不难卖，他说不难，财富到了一定程度，人们会自己来选，甚至不用怎么介绍，他要做的就是真诚点，让人肯把单签到他名下就行。我觉得这恰好是他的长项，他人很真诚，说话、做事，包括长相都一点不讨人厌，他的销售业绩一直挺好。他说他自从进了这一行，对豪车挺内行了，四百多万的车，如果我要买的话，他帮着减些不必要的配置，再申请点优惠，三百多万就能拿下。我说，呵呵。

一切转机都来自他表哥。

他表哥从小跟他一起长大，是学化工的博士，在校期间用自己的研究拿了专利，也因此跟导师弄得很不愉快，文凭基本上遥遥无期了。他表哥坚信手中的专利若投产，能填补市场空缺，绝对赚大钱。

但办化工厂存在危险性，办理各类准入许可证加上厂房、人力投资等粗略算下来得几百万，这笔钱对他来说绝对是天文数字。刘匿名卖车虽然能攒点小钱，但对于开厂也无异于杯水车薪。但他相信他表哥，他决定试试。

刘匿名想尽了一切办法拉投资，他甚至一本正经地问过我，有没有几百万投给他，一起发大财。我说，呵呵。

他女朋友攒了几万块钱，又从家里拿了一些凑足十万，全给了他，成了他的第一位投资人，但这离目标依然相去甚远。

亏得他做的是豪车销售，积累了些人脉。他联系与自己关系不错的车主，带上他表哥，一次次见面把整件事情的运作方法、投资金额、风险及盈利前景都解释得清清楚楚。

也真是遇到了贵人，别人答应投资了。按约定，投资人占股 40%，他表哥技术入股 30%，经营、管理全部由他负责，占股 30%。

厂房租在盐田边上，各种手续办得比想象中顺利，从起步到投产用了不到半年。公司运营两个月，全部资金回本。接下来的每一天，都在盈利。

他成了我见过的最忙的人，偶尔约出来玩，他每分每秒都在讲电话，一场电影能猫着腰出去十几趟……他觉得今天的钱不赚，明天就没了，总认为下一秒市场就会有新的技术，淘汰他的产品。所有大客户他都亲自谈，公司招人也必定到场，余下时间又担心运营时的安全问题，几乎时刻盯在厂里。

他女朋友跟他住在公司宿舍，每天公交车转地铁，上下班要跨两个区。他让她来自己公司帮忙，或者干脆辞职歇着，他女朋友不同意，固执地做着自己的事。

刘匿名彻底发了，意料之中，但发的速度还是让人猝不及防。

从公司职工宿舍直接就搬到别墅了，依山傍海，全款。他新车上牌那天，让我一起去自驾，他和他女朋友加上我，三个人。我说我去不了，现在养了只萨摩耶，离不开人。他说没事，带着狗一起去。

我牵着妞妞到他家会合，妞妞真没给我长脸……它第一次见有楼梯的大房子，兴奋地来回蹿了几十趟。出发前，他女朋友问我妞妞最喜欢喝什么，我说酸奶，她从冰箱拿出酸奶倒在水里，妞妞混着水喝了一大碗。她说这样妞妞就能撑很久不渴，又把妞妞喝水的碗放进自己包里带上了。

我们轮替着一路向北开，走着、吃着、玩着，很开心。到江西境内，我跟刘匿名要去爬山，他女朋友怕累，没去，跟妞妞留在酒店。等到我俩回来，房间里多了一大包宠物用品，他女朋友说带妞妞去宠物店了，老板见妞妞鼻头偏红，觉得可能营养不良，劝她给妞妞做了个全身检查。结果各项指标都正常，但别人推荐的营养品她还是全买了下来。

我说妞妞鼻子的问题我也带它检查过，该补的也补了，阳光也晒了，始终这样，只好由它去。她让我把那一包东西收好，回去喂妞妞，不管补不补，吃了应该没坏处，说是她送给妞妞的礼物。

我们出了江西刚到湖北，他女朋友说想回去，理由是家里的鱼该喂了。我一直很喜欢他女朋友的为人，觉得她人特好，刘匿名钱多起来后，她联系着资助了十几个贵州山区的孩子。一个对人好又对动物好的人能坏到哪儿去？

刘匿名也知恩图报，给她父母买了当地最好的房子，当自己父母孝敬。

刘匿名也曾试图报答我，毕竟我算在他困难时帮过他。我没要过他的钱跟东西，小来小去的没必要，大的我又怕一旦收了拿人家手短，相处起来就别扭了，还不如现在这样，虽然没占啥实质性的便宜，但觉得人生好像多了道保险，万一有个啥事多层保障。有这样一个朋友挺好的，可以借着他的眼光看清也看淡许多事，比如盖在半山腰的别墅真心一般，湿气重、蚊虫多不说，附近连个超市都没有，试吃都找不到地儿。

我万万没想到刘匿名跟他女朋友的感情会出现问题，他俩是我遇到的最该幸福的一对了，可是并没有。

自从刘匿名跟我抱怨过一次之后，这话题就像决堤的江口，几乎每次聊天他都会说起他俩的矛盾。我总结大体如下几点：公司越来越好，他女朋友无法接受他没日没夜地忙，他俩计划的一切行程全因为公司的各种事泡汤了。

刘匿名有个弟弟，辍学较早，在社会上晃悠。他一直想把弟弟招来自己身边，公司缺人，用别人也是用，还是用自己人顺手，他女朋友从不过问公司的事务，唯独对这件事她坚决反对。

他女朋友的父母一直很喜欢刘匿名，刘匿名也很感激。现在房子大了，空了那么多间，刘匿名就想把他女朋友的父母跟自己父母都接来一起住，一家人在一起热热闹闹的，也方便尽孝，他女朋友也不同意。

还有个比较核心的问题，刘匿名抽烟，他女朋友很爱干净，闻不了烟味。以前他俩住小房子，刘匿名都是躲出去抽。现在有别墅了，刘匿名当然不愿再忍着，可他女朋友对烟味还是那么敏感，一直想着各种办法帮他戒烟。

刘匿名对这事真叛逆上了，觉得自己在外那么辛苦，回到家连安安生生抽根烟都不能！越想越委屈，觉得他女朋友就是不爱他，不愿担待他，他偏不戒，就抽！

他俩在一起这么久，感情很深。一直没结婚就因为有这些疙瘩拧着解决不了，总因各种小事爆发出来，经常吵架、冷战。他每次抱怨，我听得都不走心，更不知该咋劝，觉得他俩都很好，说不清谁的不是。

昨天，刘匿名深夜打电话来，说他们分手了，这次真的分开了，她已经走了，不会再回来了。我说：要不我过去跟你聊会儿？刘匿名说：不用，我承受得住，她打包行李时我在家，没拦她。我们总这么闹，情分也淡了，耗着也是互相耽误，她执意要走就让她走吧……

挂了电话，我挺为他俩难过的。

今天中午，刘匿名发信息来说：在忙没？我说：你等着，我现在去你家。

到了他家，见他憔悴了许多，驼着背，有气无力的。问他咋回事，他说前几天他弟弟到家里来，一家人吃了团圆饭。他弟说快要结婚了，他想这也是公司做起来后家里要操办的第一件喜事，就准备到时带个车队回老家大办一场，顺便把家里没人住的老宅子翻修一下，也算荣归故里。他女朋友不同意，觉得太招摇，不好。

刘匿名就不明白了，平时私底下各种款也没少捐，为啥就不能风风光光地回趟家？

他俩在这事上谁也不妥协，就弄到现在这地步了。他女朋友一直都想走，觉得这里的生活跟她想要的完全不同。这次分开，他们很理智，没有吵闹。

分手归分手，刘匿名在钱上还是挺酷的，说家里钱一部分在卡上，还有些理财的月底就能提现，这些随时分她一半。最值钱的是公司股份，但现在折出来无异于杀鸡取卵，以后这些与分红都分一半给她。但他女朋友更酷，说钱够用，不要了。

整个下午，我们都坐在客厅，有一句没一句地聊着。

忘了说到哪儿，刘匿名突然哭了，毫无征兆的。他说她走了以后，鱼都死了，他像住在山洞里。家里除了他，那缸鱼是唯一的活物了。他感觉自己的生活就像那些鱼，死透透的。分开没带给他丝毫自由，一切像失去了支点，所有努力都不再有意义。

刘匿名说他也要走了，去找她，不回来了。

他一边打包行李一边给公司打电话说着以后的安排。几年的努力，他曾觉得自己一辈子都离不开的事业，几分钟就交代完了。

我送他到机场，他就这么走了。

我也养了一条金鱼，这两天台风，家里潮得能拧出水来，鱼食结成了块，掰都掰不开。

我到附近的水族馆买鱼食，碰到一个小男孩，五六岁的样子，手里拿十块钱递给老板说：阿姨，我买条小鱼。老板蹲下问他：小朋友，是爸爸妈妈让你来买的吗？小男孩说不是。老板又问：你家有鱼缸吗？那种装满水的大玻璃盒子，里面能放小鱼的。小男孩说没有。老板说：那阿姨不能卖给你，回头你让爸爸妈妈来买哈。小男孩悻悻地走了。

我见店里很多鱼的标价都是几块钱一条，就问老板为啥他钱够却不卖给他。老板说：他太小了，这鱼他照顾不来，买走玩一会儿腻了就扔了，这大小也是一条命，跟钱够不够没关系。

我也不知道这两件事放一块说有啥联系，但都让人心里暖暖的。生命只是个过程，在一起的每分每秒，都是结果。

愿你能放手一搏，快乐地活在当下，不计对错。能坚持自己所爱，不用解释，又被世界善待。

愿无岁月可回头。

*

亦 山
×
EIGHT

欢欢是知道的……

我们这几个外人大老远跑来对他们的生活指手画脚，某种程度上甚至可能会影响她的命运，但这么久了，她什么也没说。

她唯一一次就这件事开口，也没有为自己着想。

亦山●○

我正在家上网呢，我妈说亦山跟人私奔啦。

我愣住了，两个点：亦山是谁？这都啥年代了，咋还私奔了呢？

我妈接着说：亦山你不记得了？山子，老家你表叔的孩子，小时候常到家里来的，个子很高。

说到个子很高的山子，我反应过来了，是有个孩子，年龄比我小些，但在小时候，他的个头就能撵上大人了，一直都管他叫山子，还真不知道他大名。

我妈说：你表叔都急得不行了，刚打过电话，今天夜里的飞机来这边，你到时候忙不忙？不行的话跟他碰个面？

我老家离深圳挺远的，我们搬过来也挺多年了，一般有亲戚到了这边，父母都会招待，但他们很少叫上我。我平时这事那事的，也真算挺忙的。我觉得我妈这次既然这么问，应该是有需要我帮忙的地方。我把手上的事跟同事都交代了一下，空出时间，答应下来。

夜里，我跟我爸一块儿到机场接表叔。他乘的航班开始出客时，我俩一人守着一个出口，等了很久都不见他人。我一直打着表叔的手机，怕错过，他电话里跟我说着他走到哪儿了，结果我俩就这么一直走到面对面，我也没能认出他来。他变化真的太大了，刚五十出头的人，已经满头白发，是那种纯白，没一根黑的。他拖着个巨大的箱子，上面摞着手提袋，腰有些佝偻，整个人看上去非常疲惫。跟爸碰面后，他不停地道歉，说添麻烦了，行李托运了不会取，好久才找到人帮忙，耽搁了这么久。

我们到家时，已经凌晨了，表叔说带了些东西，慌着要拆行李。旅途劳顿，我们劝他早点休息，他说不行，有些吃的不能放。

行李打开，一大箱全是家乡的特产、小吃，装得满满当当，有些真空包装的，摸着还热乎呢。表叔说这是他上飞机前买了让人封好的，我们不常回去，也没啥好拿的，就带了这些，让我们尝尝家乡的味道。我惊喜得不行，当场又吃了一顿。有点心疼表叔，挺实在的一个人，在这种心情下过来还想着带东西给我们。我心里想着一定好好帮帮他，把山子那浑小子劝回去。

第二天早上我睡醒时，父母和表叔都已经起来了。妈炒了几个菜，我们坐下，表叔说了事情的原委。

表叔之前家里的条件很差，表婶瘫痪在床，需要人照顾。他一年到头除了农忙回去，其他时间都在外打工，但收入扣除表婶的医药费及其他花销也所剩无几。山子念书也没念出来，就留在家里照顾他妈妈。他到了适婚年龄，没人愿意提亲。他相过不少次亲，但人家姑娘一听他家里的条件就再没下文。留在家里也不是办法，他妈妈的身体有些好转，能简单地自理，他就应征入伍了。转业回来后，他跟表叔一起研究着养猪，贷款租地，建起了小小的厂房。有了收入后，他们又慢慢地扩大了养殖规模。前几年赶上行情好，猪肉价格大涨，他们赚了钱，翻修了房子，又在县里买了铺面，总算缓了过来。

慢慢地开始有不少人给山子说媒，但他再没去见过。表叔也郁闷，平时很孝顺的一个孩子，对父母言听计从，不知为啥，偏在这件事儿上执拗起来。后来家里稳定些，山子就想着出去闯闯，眼看着留在家里，他的婚姻都快成问题了，父母也就没有反对。结果半年后，山子真的带回来个女孩。表叔表婶一见都有些傻眼，女孩家在山里，单亲，他俩打工认识的，用表叔的原话说：又黑又瘦，比山子矮了两个头，站一块儿咋看都不般配。于是他俩坚决不同意，明面上没说，但私下里劝山子赶紧把女孩送回去，也决定让他好好待在家里结婚生子，不准再往外胡跑了。

结果山子在家只待了几天就带着女孩一起走了，没拿家里一分钱，留了个字条，说他俩回去工作了，他想跟女孩在一起，无论谁反对。本来表叔也没怎么放心上，觉得小孩子一时脑热，就算不干涉，他们自己也处不长。没想到几个月过去了，他俩感情反而越来越好。表叔在电话里怎么劝他回去都没用，这才慌了，决定亲自来一趟，说啥也得把他带走。

一顿饭下来，表叔一口没吃，就喝了几口汤，怎么劝他都说吃不下。我妈去买了几个包子，让他路上饿了吃。然后表叔跟我和我爸就这么出发了，过去劝人。

深圳挨着东莞，也就不到一小时的路程。但麻烦的是山子给家里留的地址只有工厂名和在工业区的门牌号。导航搜不着，我们只好先摸索着找工业区。

路上一直在劝表叔，我觉得亦山跟现在女友在一起更像是受伤后的一种自我救赎，他应该是在逃避，这姑娘估计让他想到了曾经百般为难的自己，他们感情里也许很大一部分是怜悯，所以未必能长久……我巴巴地分析了一大套，表叔服透透的，感觉我果然是大明白人，没白来，这趟有我在，稳了。心情好点后，食欲也有了，表叔甚至吃了个包子，信心满满的。

工厂在郊区，到了工业区附近，路就很窄了，有些颠簸。路边是一幢幢的农民房，上层出租住宿，下面门面是各种小店。人很多，也嘈杂，熙熙攘攘的，车不怎么好走，有几次都得下来挪开路边的电动车才得以通行。我们边走边问，找到的时候，差不多中午了。

一个挺小的工厂，但看起来很整齐，里面有一栋栋的厂房，外面是一米多高的铁栅栏，厂房和栅栏都漆成了橙色。大门不宽，右边过车，有个保安亭负责给进出的车辆刷卡，左边的小门进人。

我们把车停好，来到门口，表叔拨通了山子的电话。

不一会儿，山子出来了，跑着。

见他之前，我还偷偷地想过，他要真挺固执，实在不行，我们就硬把他按上车，拉回深圳再慢慢劝。一看到他，这念头当场就打消了，几年不见，这货又长个了，得有一米九几，高大壮实，我们仨加起来也不是他的对手。他白色的衬衫扎在黑西裤里，棕色支鞋擦得很油亮，虽然成熟得有些刻意，但整个人看起来神清气爽、干净利落，身上有股退伍军人的英气，也难怪表叔说他现在在厂里还挺受重用的，已经做到了领班。

表叔是瞒着他过来的，他见到我们有些惊讶，但还是很开心。

打过招呼后，他说刚出来得急，得回去补个假，让我们就在这儿等。说完又跑了回去。

山子再出来的时候，厂里已经下班了，工人们陆陆续续地准备出来，但还是能在人群里一眼找到他，个高。

山子牵着个女孩，与其说牵着，其实更像是攥着，被他的大手一包，完全看不到女孩的手了。他俩来到我们面前，山子很热情地介绍说，这是他女朋友，叫欢欢。

表叔的脸色一下子有些沉了。刻薄地评价一个女孩的外貌是很过分的，但说良心话，他俩往面前这么一站，真就像表叔说的：一点不般配。女孩看起来很瘦小，还没到山子的肩膀吧，白色的布鞋，厂里蓝色的工作服在她身上显得特别宽大。她看起来是很开朗的人，一直笑着。山子介绍完我和我爸后，她跟我们握了手，很真诚。但看到表叔始终没讲话，她也有些拘谨了，不知所措，只是一直说我们来怎么没提前说一声，他们好去接，这里这么不好找，我们一定来得不容易。

欢欢走在山子旁边，他俩在前面带路，山子想牵她的手，欢欢笑了笑，示意我们在，挣开了。气氛有点凝重，我们也怕走太近尴尬，不知道该说啥，所以干脆远远地跟在后面，准备到他们的“家”里看看。走到一个岔路口，欢欢跟我们摆手道别，先独自朝旁边的小路走了。剩下山子自己，他干脆慢些走回到了我们中间。

我们穿过几条极其狭窄的巷子，不一会儿来到一栋小楼前，山子停下说到了。这边很多这样的房子，盖得很简陋，没有任何装饰，通常是当地人私建好简单装修出租给工人们的，特点是楼间距很小，两个人站在面对面的两栋楼上开窗可以握到彼此的手，所以又叫握手楼。楼下是不锈钢的大门，右侧是电磁锁，大家进门要刷门禁卡。楼的门前比较洼，大概是因为前几天连绵的阴雨，路上积了许多水，能没过脚脖。幸好有人在水中摆上了砖，四块砖垒成一摞，半米一个，整整齐齐通到门前。过往的住客排着队，一位一位通过。

排队时，我说：幸亏有人垫了这些砖，不然就只能蹚过去了。

山子笑笑说：这些是我弄的，从旁边工地上买的砖，拉回来穿靴子一会儿就垒好了，方便。

这也像是山子会做的事，他勤快又仔细。他退伍回来，跟表叔刚准备养猪时要建厂房，所以贷了点款，是我爸帮着担保的，建好投入使用后，我们去看时简直震惊了，占地两亩的厂房盖得整整齐齐的，屋顶虽然是简易的石棉瓦，但里面收拾得比我们宿舍都干净，更令人不可思议的是这全部都是他们父子俩一手建起来的。山子还自己做了很多除虫、清扫和喂食工具。

其实来的路上我还挺有信心的，当时是准备劝说叛逆少年迷途知返的，但到目前我就说了不到三句话……见到欢欢后，总觉我们此行很可恶，像电影里恶毒的反派。

他们的房间不算小，很空旷，就是没啥家具。山子说这里偏，房租不贵。山子把床收拾出来一块，我们分头找地方坐下。是表叔先开的口。

表叔说：儿啊，从小到大我也没求过你啥，但这次你得听我的，你在这儿漂着也不是个法子，家里也离不开你，你说啥得跟我回去。

山子低着头沉默着，双手交叉着放在腿间，看不到他的表情。

表叔接着说：你也老大不小了，现在咱家条件不像从前了，不少人都来问过，说要给你操心说媒。你不是一直喜欢车吗？等回去了也买一辆，行吧？

表叔没有说谎，他们父子俩没日没夜地辛苦创业，之前还拿了县里颁发的一个什么奖，在乡里算小有名气了。

山子问：我妈身体咋样？

表叔说：还行。你妈也盼着你回去呢。厂里早忙不过来了，就算雇人，也没咱自己能操心啊！

山子很平静，说：爸，我不想养猪了。以后就算回去也带着欢欢，我想跟她在一块儿。

表叔脸上的青筋瞬间就起来了，说：你说啥呢？！咱们折腾不起啊！祖辈的农民，刚算有点起色，啥叫不想养了？这是你唯一跳出农门的机会！

见表叔动怒，我跟我爸都站起来拉着，劝他坐下慢慢说，也听听孩子的想法。

山子说，他觉得现在家里条件好了，钱没那么紧了，他想做些自己喜欢的事，过自己想过的日子。

表叔完全无法理解，眼瞪得老大，但除了干着急，再说不出一句开导的话。我跟我爸只能缓和着气氛，一时也找不到啥切入点。

僵持了好一会儿，我们听到了开门声，是欢欢回来了，她手里提着饭菜。山子站起来，他俩进了厨房，旋即又出来。欢欢跟我们打个招呼，有些抱歉地说厂里还有事，她得先回去了。我跟我爸站起来，送她出门。

回来后，山子说，咱先吃饭吧。表叔气呼呼的，不肯吃，说不饿，也吃不惯米饭。

山子从厨房拿来了塑料袋，解开，里面有馒头和一袋袋打包好的热菜，跟表叔说：吃点吧，知道你吃不太惯米饭，这是欢欢走很远的路特地去买的。

表叔没说话，从兜里掏出早上的包子，自己吃了起来。

吃完饭，我觉得总这么僵着也不是办法，就提议让表叔和我爸先出去转会儿，我跟山子聊聊，毕竟年龄差不多，他俩不在，我们也好沟通些。

剩下我们俩，气氛总算轻松点了。他们租的这套房子看起来有年头了，加上空气潮湿，屋里的墙有些斑驳。墙上贴了不少他俩的照片，他们像很多情侣一样，一起爬山看海，去了海南、厦门，还有西安。照片上的他们笑得很开心，吃灌汤包，喝羊肉汤。山子端着沙茶面，欢欢捧着蚵仔煎。

我问山子：你俩都喜欢旅游吗？

山子说：是啊，是我喜欢，有假期就总拉着她出去。到处走走是好，多看看，心都开阔了。山子说到这些，很兴奋，神采飞扬的。

桌子下摆着两双旱冰鞋，还有头盔。没等我问，山子说，他们下班没事就去滑滑旱冰，旁边有个广场，可热闹了，晚上还有露天电影。

我问山子：你现在工作咋样，做得开心吗？

山子说：挺好的，我现在是监管部门，等有机会了想申请调到销售部。这样学会了路数，以后回家也能代理厂里的产品，不愁没活儿干。

我问他：养猪不挺好的吗？又赚钱，为啥说不干就不干？

山子叹了口气，没吭声，站起来自己点了根烟，给我的水杯添了些水，又坐下。

他说：你知道吗？猪其实很聪明的，它们睡觉也会做梦。以前在家，我给它们都起了名字，我感觉，叫它们，它们能听懂。

山子抽了口烟继续说，到了季节该出栏时，收猪的车开到家门口，它们像有感觉，死死抵着栏门不肯出来，平时不这样的。它们拼了命地踢腾，它们知道，上了车，就回不来了。等装进笼子里搬到车上，要走时，它们就不闹了，扭过头来看着家，越来越远。

他说拿着卖猪的钱，心里不是滋味，不敢花，花着也难受。

山子说着这些，不好意思地笑了笑。他说：我嘴笨，说不清的，那感觉你不会明白。

其实我懂了，我也养了猫，养了狗，我明白的，我没说。

我又问：你为啥非要跟欢欢在一起？

山子说：我爱她。

我愣住了，硬生生的。

其实成年后，我也经历了几段无疾而终的爱情，默默地相识、相爱，到最终平静地分开，总觉得对于感情，还是得加倍慎重。身边不少被所有亲友祝福的情侣最终都各奔东西。相比于爱情，如今婚姻更像是一场世俗的博弈。越长大，“爱”这个字就变得越沉重，甚至很少提起了。

山子没再解释什么，但听他这么说，我突然有点羡慕，并且为他高兴，但我也没说，毕竟我是带着职责来的。我没再劝他，我们开始聊旅游，说工作。山子给我讲起了他在部队的事儿，我们几乎忘了外面还溜达着两个大人。

表叔跟我爸回来的时候，我俩正聊到这附近的美食，打算晚上就去吃呢，叫上欢欢。我看了看表叔，抿抿嘴没说话。我不说，他也知道我沟通的是啥结果……

也不知道为啥，表叔突然就爆发了，可能是忍了太久，终于抑制不住了。他一把抓住山子的胳膊，把他往门口拖，同时嘴里喊着：不跟你扯了！今天你说啥也得跟我走！现在就走！

山子没着急，也没挣扎，像个塔一样地站着，他握住了表叔的手，依然平静地说：爸，你今天是能带走我，但你带不走我的心。你知道，我既然认准了，即使回去我也一定会回来的！咱们这样只能是瞎折腾浪费时间。

表叔歇斯底里了，继续吼着：你就偏要执拗吗？！从小到大我难为过你几回？！因为这事儿非要我给你跪下才行？！好！我给你跪下了！

说着，表叔竟真的扑通一下跪倒了。我跟爸赶紧去扶，他挣开我们，说啥也不肯起来。

山子没劝他，向后退了一步，也跪下了，跪在表叔的面前。

他们父子就这么面对面跪着，我们完全劝不动了。

表叔说：儿啊，不是我逼你，但我跟你妈真的是为了你好，我们就想你安安生生地过上好日子，少走点错路。咱家这才刚有点盼头，折腾不起啊！

山子扶住了他爸的手说：爸，我知道你们是为我着想，但在这儿，我赚的钱够养活自己，还能攒起来点，等以后学了经验，有路子了，还能做点其他的生意，现在没头没绪的，我回去能干啥？我是真的想跟欢欢在一起，难道你们逼着我随便娶个，转眼又闹着离婚就不折腾了？

表叔冲他喊：她哪儿好了你非得家都不要了跟着她？你找这么个媳妇也不怕别人说闲话？！

山子也急了，第一次抬高了声音：谁爱说让他说去！因为怕闲话我就得顺着别人的意思活？！

表叔见山子生气没继续说啥了，但也继续犟着不肯起来。

有点意外的是这时候有人敲门，我打开门，是位穿蓝色工作服的师傅，来装电视机顶盒的……师傅开开心心地进来，直接被眼前对跪的父子俩整蒙圈了，还以为这是弄的啥仪式，一时半会儿也真给他解释不了。

师傅核对了一下山子的身份证，一言不发地开始安装。他俩还跪着，空气仿佛凝固着。山子递给师傅一根烟，师傅接过烟，叼在嘴里，想了想，又把烟薅出来，揣进了口袋，估计他在目睹了眼前这令人匪夷所思的场景后，也不太敢享用这种馈赠。

师傅快速地把活儿做好，蹲下让山子签个字，收拾东西就走，到门口回头说：您的业务都办好了，等下会有个电话回访，如果可以的话请给我个满……算了，你们忙。说完关上门就走。

连外人过来都没能让他俩恢复理性，我和我爸真的手足无措了。折腾到现在，眼看着天色都暗了，他们这么跪着有一句没一句地抬杠也吵不出啥结果。我爸站起来说：来的时候有些晕车，现在还不太舒服，要不咱先在这附近找个地方住下，今天不走，你们都静静，有啥话不能好好说？

我爸这么说，表叔也不好再坚持了，我这才算把他扶了起来。他在床上歇了好一会儿腿才能走路……

我们在附近连找了好几家宾馆，但都不行，来的时候走得急，我还好，带了个驾照，我爸没拿任何身份证件，因为入住的每人都得登记，所以连房间也开不了，我们又失望地走了回来。既然在这儿过不了夜，表叔也打算跟我们一起回深圳了。他让我帮着订了第二天的票，要回家，说不再劝了，山子他爱怎么混就怎么混，家里就当没这个儿子。

我们走到门口时刚好碰见欢欢，她给我们买了饭菜放在桌上，自己正打算再回厂里。我跟我爸让她留下来跟我们一起吃，说等下我们就要回去了。她看着山子，山子点了点头说：你们先一块儿吃吧，我回厂里再安排点事儿，今晚跟着去深圳，明天送下我爸。说完转身出门了。

欢欢和我张罗着铺上桌布，摆放好饭菜。表叔依旧吃不下，说不饿。我爸可能也是怕尴尬，一直跟欢欢聊些无关紧要的，但最终我们还是都沉默了，桌上只有碗筷碰撞的声音。

停了一会儿，欢欢轻叹了口气，把头低下说：叔，其实我知道你们是为什么来。上次回来后，我跟山子提了分手的。他很好，我知道我们不合适，我不想耽误他，但他不同意，他现在也还是不肯跟你们回家对吧?

表叔点了点头。

欢欢轻轻放下手里的筷子继续说：其实厂里给员工安排了宿舍，为了安全和方便管理是不准这么出来租房子的，我们也是一直瞒着。厂里最近在赶工出货，任何人不能请长假，但山子管的组有人家里有急事，山子帮着打卡，找人先顶着工还是背着上面让他回去了……这些如果厂里知道，他可能就很难在这儿待下去了。你们去厂里找领导说说吧，辞了工就能让他好好地回家。我现在还不能走，我怕找不到别的工作，我得照顾我妈，家里用钱的地方多。

欢欢是知道的……我们这几个外人大老远跑来对他们的生活指手画脚，某种程度上甚至可能会影响她的命运，但这么久了，她什么也没说。她唯一一次就这件事开口，也没有为自己着想。

表叔愣了很久，叹了口气说：他一个穷小子有啥好耽误的？他那驴脾气你知道的，也苦了你跟着他受委屈。真这样让他丢了工作他也不会回去的，到时候你自己挣的钱就更顾不上你俩了。

表叔说这些的语气轻了很多，停了一下，他拿起个馒头咬一口说：这一看就是机器做的，规整是规整，但不香，有空让他带着你再回家里吧，尝尝咱们正宗的手工馍。

欢欢没有讲话，用手尽量自然地抹掉了眼角流出的泪水，一直笑着。

我重新看了看面前的这位姑娘，是很瘦小，甚至有些卑微，但铁骨铮铮。

当晚，山子跟我们回了深圳，第二天一起送走了表叔，这件事就这么告一段落。

再见到山子是两年后了，我跟父母一起回老家，机场离县里还有百十公里，是山子接的我们，一起去了他家。

他跟欢欢结婚时我们离得太远，没能回来，现在他们已经有了个可爱的女儿。山子跟欢欢一块儿做起了生意，真的没再养猪。

山子把欢欢的母亲也接到了家里，跟他们一起生活。老人家还穿着她们的民族服饰，淡蓝色衫子，五颜六色的头巾，虽然头发花白、牙齿掉得没剩几颗，但精神矍铄。她听不太懂普通话，我们交流全靠比画，很开心。

表叔跟表婶抱着孙女，一家人其乐融融。他们也对懂事、孝顺的欢欢赞不绝口。

我问山子：跟欢欢在一起，有人说闲话吗?

山子说：没呢，见我们真决定在一起，回来也没谁再劝过。

山子说现在一切都好，很感激我们当初去看他，没有阻止他。

其实该说谢谢的是我，那一趟回来，我也想明白了许多：这世上是有爱情的，也有英雄。人言一点也不可畏，自己的一生都被人言所左右，才是真正的可怕。

*

端 午
×
NINE

妞妞在前面欢天喜地地带着路，小猫坐在它娘家送的纸袋子里，就这样回家了。

既然端午节相遇，决定叫它端午。

端午●○

2014 年 6 月 2 日，端午节，带着妞妞去宠物店洗澡。洗完出来，店里许多猫狗冲妞妞狂吠，妞妞吓得倚着墙根一点点往门外蹭。一只小猫从笼里伸出爪子，轻轻拽了一下它面前妞妞的尾巴。妞妞回头，壮着胆隔着笼子舔了舔小猫，小猫没有躲开。

我问老板：怎么旁边笼子全空着，就剩这一只小猫？老板知道我养狗，没有养猫的

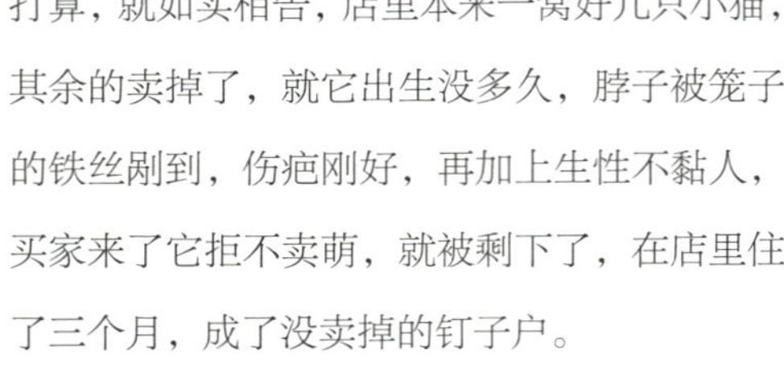

打算，就如实相告，店里本来一窝好几只小猫，其余的卖掉了，就它出生没多久，脖子被笼子的铁丝剐到，伤疤刚好，再加上生性不黏人，买家来了它拒不卖萌，就被剩下了，在店里住了三个月，成了没卖掉的钉子户。

我带着妞妞从家里搬出去后，父母身边再没有了小动物，一直有帮他们抱只小猫的打算。

问老板小猫啥身价，能否打折。老板说它是正规繁殖，本来就不咋贵，再说它赖在这儿吃了不少粮食，打折不行，但买它可以送点东西。

掏钱，给它赎了身，从笼子里拿出来，妞妞吭哧吭哧瞬间把它舔遍了。

问老板：说好的送东西，能送啥？老板说：送你个纸袋子，拎着它回家吧……

临走问老板：小猫啥品种？老板说：苏格兰折耳，是个小母猫，你好好待它，有啥不明白的随时问我。

妞妞在前面欢天喜地地带着路，小猫坐在

它娘家送的纸袋子里，就这样回家了。

既然端午节相遇，决定叫它端午。

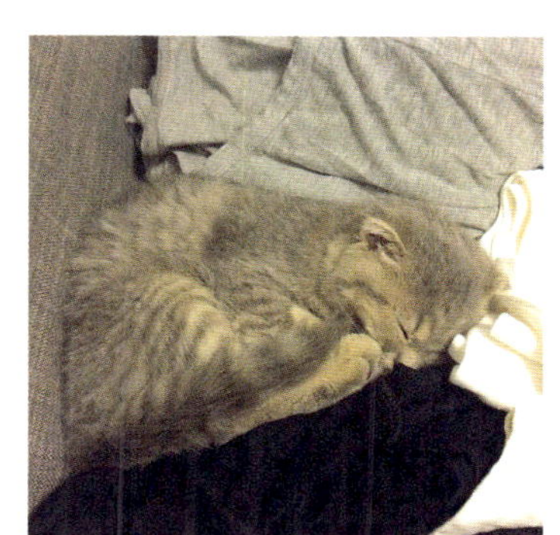

端午到家后，在妞妞陪同下绕着家里里外外转了一圈，然后狂吃一顿，倒头就睡。睡醒后马上又摸索着找饭盆，把肚子吃圆，继续睡。见端午这种状态，我就没急着把它往我父母那边送，想着让它好好休息一下。

妞妞从小孤单长大，在家从没有任何玩伴，端午来后，它每天都兴奋着。生活只剩三件事：吃饭、睡觉、守在端午旁边等它睡醒。

两天过去，端午睡饱，长长地伸个懒腰，做的第一件事：钻到沙发底下，把妞妞丢进去够不着的网球，用爪子推了出来……

妞妞拿到球，当场给跪了。从萍水相逢到生死之交就这么简单。

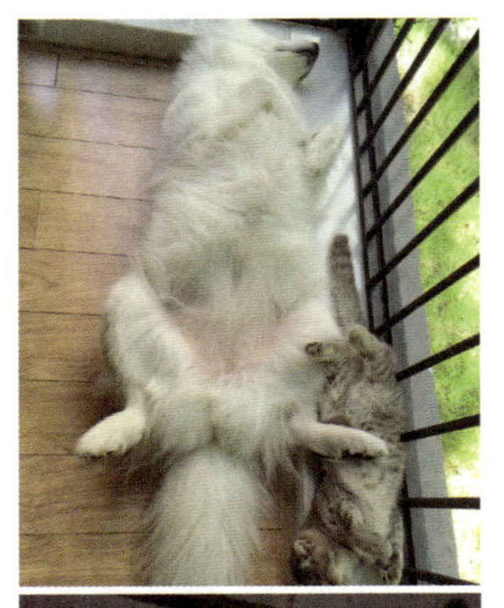

端午个头小，但打呼噜声比妞妞都大，它俩睡在一起，呼噜声此起彼伏，我天天像睡在宿舍……

妞妞像有了主心骨，它喜欢跟着端午，端午吃的，它尝一尝；端午玩的，它试一试；连端午眼神锁定的，它都要顺着望一望……结果，挨千刀的端午偏偏喜欢在我睡着时轻轻跳在我脸上……那时候的我在睡梦中被妞妞巨大的屁股砸醒了无数回……一做梦就是天上掉下个屁股……

它俩就这么形影不离地待着。一个礼拜后，我把妞妞放宠物店洗澡，回去悄悄把端午送到父母那儿。

也算缘分吧，它俩洗澡时相遇，又在洗澡时分开。

父母见了端午，喜欢得不行，给它置备好了一切。

妞妞洗完澡回来，发现端午不见了。它翻遍所有地方，急得唔嗷唔嗷，拿狗嘴拱我：我的猫呢？！你见我的猫了吗？！哼哼唧唧地闹了一整天……

离开后的端午，也不大老实，在新环境下一改温驯的性格，满屋子疯跑并到处乱拉。

又过了一个礼拜，我妈深夜打电话来，说打扫时发现端午拉血了。

我住的附近有宠物医院，天亮便把端午接了回来。带它去检查，说体内有寄生虫，问题不大。

从医院回来，它俩再次见面，开心地滚作一团。玩累了，端午睡在妞妞的尾巴上。

端午留下养病，它也犟，小碗里一天给它换几次清水，不喝。渴了就去找鱼缸，一边喝一边拿爪子捞金鱼，金鱼已经被逼得住到了柜子顶上……

各种玩具它从不感兴趣，喜欢看鸟、看鱼、看电视，完全退休老干部作风……

妞妞有它的小床，我也给端午买了个猫窝，双层！别墅级！它一眼不看，抵死不进去！非要住在装猫窝的快递箱子里！拿出来，又钻回

去！我只好把箱子给它改造一下，好歹有个家样。它喜欢得不行，当成窝了。

罐头拌猫粮！

给端午单独放碗里，不吃！端着它的碗放妞妞饭盆旁边，两只一起喂，狼吞虎咽！给啥吃啥！真是奇了怪了！问它为啥？端午说：氛围！你懂不懂？氛围！

任何时候，水龙头一响，端午三秒钟到场！它就爱听哗啦啦的水声。洗澡时把它关在外面，它不会开门，但妞妞会。端午对着门喵喵叫两声，妞妞冲过来咣当就把门拱开了。回回洗澡都这场面，没有隐私，没有尊严，我被逼得给洗手间的推拉门装了锁。它们只要在家，你永远别想能安安静静地待会儿。它俩总有事的，十万火急的那种，必须马上进来跟你碰个面。

最令人费解的是，家里最爱干净的居然是端午，虽然它灰蒙蒙的一坨。

它每天花大量的时间打理自己，打理完以后，还是灰蒙蒙的一坨。但它依旧固执地坚守着自己的习惯。经常见它奋力地凹着各种造型，清洁够得着的每个部位，乐此不疲。

我俩熟识起来后，它也时常来找我，趴在我手边，或者卧在我胸口。我经常一觉睡醒呼吸都不顺畅了，它呼呼噜噜地眯眼趴在我身上，沉得像块毛茸茸的石头。我都毕恭毕敬的，翻身都小心，怕惊着它，怕它疏远我。

端午失而复得后，妞妞每次出门都挺慌张的，拉完就拽着绳子往家跑，进门看到了端午才安心。

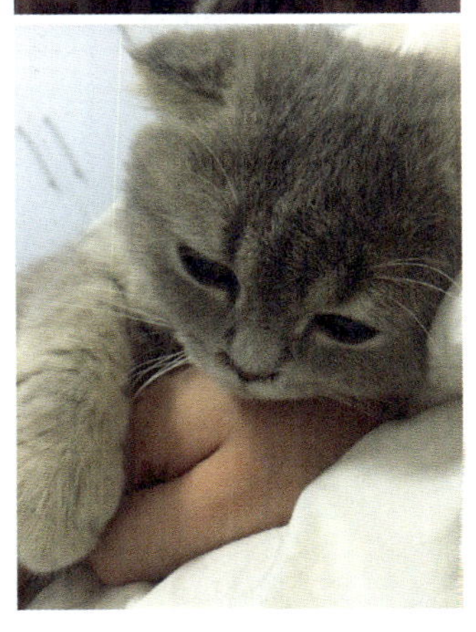

端午的病一天天康复，原打算等它痊愈，将它送回去，让它替我陪陪父母的，但有些不忍拆散它俩了。平时我在外忙，妞妞都自己在家，活在一个人的世界太辛苦，对它也不公平。

既然它们开心，端午留下了，反正两边离得也不远。

妞妞、端午，希望你俩都好好的。

*

关于养犬我所知道的一些事情

×

TEN

请等经济完全独立并且有多余的预算时再带它们回家，不然宠物跟着受罪，也难为了自己。不能图自己一时好玩，让它们一生流离失所。

解决啃咬东西的问题

不敢回首那段恐怖的岁月，就说妞妞最疯狂的一次吧。它七八个月大时，我去吃夜宵，留它在家。回来开门感觉推不动，像被人从里面绊住了。我没敢硬推，站在楼下透过窗户往里看，临走时打开的灯灭了，窗帘也被拉上了。打家里的电话，忙音。我感觉有小偷，喊来物业的几个工作人员一起推开了门。门是被椅子堵着的，屋里没人！妞妞丧心病狂地拽着椅子堵上了门，拉好了窗帘，啃断了电话线，咬坏电冰箱插头导致全部电流短路，然后它摸黑对房间进行了集中销毁……凡是它能够着的地方，全是牙印……那段时间基本上天天回家有惊喜，每天一个新废墟。

朋友说，狗狗若啃啥东西，用那个东西轻轻揍它，它就不敢再啃了……这个我试了，全面失败……

新买的马桶搋子，一次没用，拿回来就被它啃了！我看将就着还能用，没扔。批评它，它不承认。拿着把儿轻轻揍了它几下。

结果不到一天……它瞅机会彻底把马桶搋子销毁了。

最终让它不再啃东西靠的是两点：

一是给它买了许多玩具和咬胶棒，分散它的注意力，情况大有好转。

二是把它常啃的地方喷上刺激性的味道。妞妞平时最讨厌消毒水味（这个因狗而异，听说有人用芥末水、花露水、酒精、香水等，效果也很棒），我就拿稀释的消毒水喷在家具上，它真的没有再啃过。

解决上厕所的问题

很多人被这件事困扰过。妞妞刚到家里时，也比较随性，不管在房间哪个角落来了感觉，就地一蹲，很潇洒。

我观察了一下，它在吃饱后和刚睡醒时会想上厕所。所以每当这时，我就带它出去溜达。只要它拉在外面，我马上冲过去边夸边给零食，它觉得自己做了件非常了不起的事，慢慢就习惯了在外面上厕所。

在此过程中，它拉屎在家里，我都把它拉的地方先拖干净，再用稀释的消毒水擦一遍。然后把它的粪便扫到卫生间的下水道口，将它拽过去摸摸头，慢慢地它也明白了我的意思。有时我白天忙，顾不上回去遛它，它都会自己去洗手间下水道口方便。

关于护食、乞食的问题

有护食习惯的狗狗在吃东西时非常警觉，有人靠近就发出“呜呜”的警告声，甚至会攻击靠近它食物的人，非常危险，必须趁早改掉。妞妞一直没有护食习惯，无论它吃啥都能随时掰开狗嘴要回来。但小时候家里的狼狗虎子特别护食，还因此咬过人。

纠正的方法是每次喂食的时候都一点一点给它，等它吃完再用手给它加到饭盆里。它在吃的时候你抚摸它，时不时把它的食物拿走，再还给它，如此坚持，不久就能调整过来。

妞妞最爱干的事就是乞食了……不管啥时候一动嘴，三秒之内就能收获它期待的眼神……过一会儿，它忍不住了就直接跳起来抢着吃……

我现在非常非常后悔之前总在吃东西时随手分给它！如今我想安安静静吃顿饭已成奢望。有的主人为了能安静吃顿饭，不得不买栅栏把自己围起来……一点都不夸张。

要预防这种情况很容易，自己吃东西时永远别给它！早期要顶住它可怜巴巴的眼神，就算想给它，也等自己吃完了再给，这样慢慢养成习惯以后能省太多麻烦！

关于吃草

妞妞刚来的那会儿，带它出去遛弯时，它总啃地上的草吃。开始我也没注意，以为它是觉得新鲜，后来有几次发现它吃完草以后吐了，比较担心，就带它去看了医生。经过检查，也没发现什么问题，医生说它们偶尔吃少量的草，可以补充微量元素，也能帮助自己吐出自己胃里的毛球，但如果长期大量地吃，就可能是疾病引起的异嗜，应尽早带去医院检查。

受伤、防疫、结扎、遛弯、洗澡、禁忌

受伤：妞妞受过两次伤，一次在脚上。我带它出去玩，回来后喂它东西它没吃，叫它也不应，自己在角落里卧着，舔了很久。我关灯要睡了，它一瘸一拐地走过来，反常地把两只脚踏在床上看着我，我才发现印在床单上的血脚印。我蹲下看了看，它的小爪子被尖锐的东西划了很大的口子。它本打算自己面对的，可能血越流越多、越来越疼，才决定跟我说一声。

第二次是在公园，它跟几只狗狗在草坪上追着打闹，玩着玩着，它突然往家的方向走。到家后，它喝了口水就想躲起来。我感觉不对劲儿，把它周身检查了一下，果然它的脖子上被咬到了，伤口不大却很深，就赶紧去了医院。

感觉狗狗在生病或者受伤时还是挺反常的，一般会比较厌食、畏光，总想自己躲起来，打喷嚏、咳嗽，或是反复抓挠、舔舐某一部位。

防疫：小狗在两个月大左右就能打第一次疫苗了，此后每年都要定期带它再接种一次。在小狗接种疫苗之前，尽量不要让它出门，这时正是它们对很多传染病的抵抗力最弱的时候。一旦感染，对身体的损害极大。

结扎：结扎大致有以下好处：一、防止它意外怀孕或意外把人家弄怀孕；二、可预防子宫蓄脓等疾病的感染；三、可以让狗狗的性格平静柔和，降低攻击性。结扎也不全是好处，结扎后，狗狗少了很多念想和乐趣，有些狗就开始放心吃喝，身材变形。

遛弯：大家一般右手力气比较大，常用右手牵着狗绳让狗狗走自己右边。其实比较科学的做法是用右手牵着绳子，让狗狗走在左边，绳子从自己面前交叉穿过。这样它突然向前冲的时候，才能保持平衡，而且空出来的左手可以随时控制或保护它。

遛弯时最好不要在狗狗刚拉完就马上把它牵回家，这样它慢慢就感觉只要

一拉，就得回家了，它会憋着不拉，一直等到最后。

遛弯回家后，可以马上给它点零食吃，这样它在外面玩累了，知道回家有好吃的，也会自己回家。挺好的一个习惯，感觉能降低走失的风险，起码让狗狗学会了自己回家……妞妞如今在外面玩累了，会自己拽着绳子往家跑，然后站在放零食的台子旁流着哈喇子等。

洗澡：妞妞之前一直是 10 天左右洗一次澡，倒不是因为毛脏，而是因为长时间不洗澡，它身上会有种淡淡的臭味（我个人不讨厌，还挺好闻的），但为了防止它把家里弄臭，只好定期带它去洗。后来发现，它身上的臭味是来自脚。现在每次遛弯回来，我都拿湿毛巾帮它擦一遍爪子，然后拭干。这么一来，就算它半个月甚至更久不洗澡，身上都没有任何味道，很棒！

禁忌：狗不能吃洋葱、香菇、巧克力和大油大盐的东西，吃鸡骨头也不好，鸡骨头咬碎后尖锐，很容易卡住喉咙，也不易消化。我爸之前常给妞妞鸡骨头吃，劝不住，说狗不吃骨头活着还有啥意思……好在妞妞细嚼慢咽的也没啥事，但还是尽量少吃吧。

狗一般害怕烟花、鞭炮、打雷、吸尘器、汽车喇叭等声音，在外面遇到这些声音时要牵好，注意别让它受惊。妞妞特别害怕鞭炮和打雷声，不管啥时候听见，要么往人的怀里钻，要么找个洞憋着不出来。

另外，在冬天时一定要特别小心！有些车底或车旁会有滴落的防冻剂，那东西的气味对狗有诱惑，但有剧毒！看到它们舔食，一定要马上阻止！

养犬前请一定要注意！

其实养犬终究还是件麻烦的事，特别是大型犬，这可能将是个长达十多年的承诺。千万别一时冲动就做决定，也不要在不了解对方状态的情况下将狗狗

作为礼物赠送，因为这样一来，送出的很可能是令人苦不堪言的负担。一旦带狗狗回家，你就是它唯一的亲人了，一定不要弃养。

一、关于空间、环境的要求

狗狗天性好动，即使在家里，它们也常常不愿闲着。有些养狗的朋友会给它们准备个笼子，狗狗偶尔也愿意进去待着，小空间比较有归属感，但大多数时候，它们还是爱自由地跑来跑去。如果在自己家里还好，但带着狗狗租房子会是件很麻烦的事，虽然它们通常并不会破坏房子，但房东一般会担心地板和墙壁。狗狗小时候可能特别爱叫，这也得考虑进去，不然既影响自己，也打扰邻居。

二、关于时间

养犬也很需要时间，小时候的它们吃饭不怎么规律。为了它们的健康考虑，我每次又不敢喂得太饱，所以通常一天要喂好几次。妞妞每个月差不多洗两次澡，在外面洗一次澡的时间大概是一个半小时。我自己也在家帮它洗过，因为缺乏专业的吹干设备，所以最少得用两个小时。洗完澡，它们的毛一定要彻底吹干，耳道最好也用棉签擦一下，不然很容易得皮肤病。

狗狗如果学会了不在家里上厕所，那每天最少得遛它两到三次，每次半小时左右。它们如果长期憋在家里不出门，很容易抑郁。每天回家，到了妞妞该出门的时间，它都会自己跑来叫，赶上下雨不能出去玩，它就沮丧地蹲在窗边等着。

养犬之后，时间就不会那么自由了，我每天要按时回家遛它、喂它，就算有急事出差，在安置好它们之前，也不能说走就走。临时寄养的条件一般都不太好，可能经常要找人照顾它们，所以养犬最好也征得家人的同意。

三、关于卫生

狗狗是会经常脱毛的，比如妞妞，季节性的脱毛一年两次。到了脱毛的季节，妞妞身上一抓就掉一把，如果梳不干净的话，整个房间白茫茫一片，狗毛漫天飞舞。就算不是脱毛的季节，它们的毛发平时也会自然掉落。端午是一只短毛猫，我每天也要固定用梳子梳半小时左右，每次脱的毛都能沾满一梳子。不要频繁地给猫狗洗澡，并且洗的时候最好用它们专用的沐浴露，洗涤不当也会引起皮肤病，并导致脱毛。

带狗出门，不管它拉在哪里，都要用报纸或者塑料袋裹着捡起。

它们从外面回来，通常一爪子泥，如果不擦干净，地板、沙发甚至床上都会到处留下爪印。以上这些，有洁癖的朋友养犬前要特别注意。

四、关于经济

养犬其实还挺花钱的，平时最好不要喂它我们吃的东西，摄入过高的盐分，对它们身体不好。妞妞现在吃的是狗粮加罐头，还有日常的水果。没专业的设备在家给它们洗澡也挺难操作的，所以一般要出去洗。除此之外，还有防病、防疫、体内外驱虫，可能还得加上一些额外的营养费。它们的各种用品、零食、玩具等都需要准备。宠物生病进医院，有时也需要一笔数目不小的医疗费。出门一定要牵好它们，如果伤害到别人，各种赔偿费、药费也会让人焦头烂额。

并且随着它们的衰老，身体会像人一样出现各种问题，可能需要长期的服药和治疗，这也需要不少的费用。

所以，最好等自己经济完全独立并且有多余的预算时再带它们回家，不然宠物跟着受罪，也难为了自己。不能图自己一时好玩，让它们一生流离失所。

*

关于养猫我所知道的一些事情

×

ELEVEN

端午每天差不多有一半的时间在睡觉，睡醒了花两到三个小时舔舔毛，梳理自己，再吃吃饭、晒晒暖、上上厕所、捣捣蛋，一天基本就过去了。

关于养猫我所知道的一些事情●○

一、关于吃喝

端午刚来时大约三个月大，每天吃许多次，但每次吃得并不多。如今大了些后，每天基本吃三次。主要食物是干猫粮 + 猫罐头，偶尔也给它拌些瘦肉（牛肉、鸡胸肉、去了刺的鱼、鸡蛋等，不是每天，有空就煮），比例差不多各三分之一吧。如果忙，就给它放一碗干猫粮，它能吃一天。

现在的端午有些挑食，并且每餐吃得不多，它宁愿饿着，也不吃剩食。猫喜欢喝活水，就是流动着的水，可以帮它们买个猫咪专用的饮水器，这样过滤后的水也更卫生些。

它喜欢在干净的碗里吃东西，非常注重这点，如果碗很脏的话，可能放进去好东西也不吃。

它吃东西总是细嚼慢咽，很认真，如果掺了什么不爱吃的东西，它一定会发现并且不吃。它生病时，我曾想把药混在食物里，但从没成功过。这点跟狗完全不同，哪怕往妞妇的罐头里加块砖头，它都能嚼吧嚼吧吞了，嘎嘣脆……

二、解决上厕所问题

猫跟狗不同，猫上厕所非常省心，不用出门遛，准备好猫砂、猫厕所，它们会自己解决，并埋得干干净净。主人只需事后帮它们清理即可，俗称铲屎的。刚开始小猫不会使用猫厕所到处乱拉时，可以在饭后把它轻轻地放进厕所，拿着它的小爪子刨一刨猫砂，同时可以用卫生纸捡起它的粪便放进猫厕所，反复几次，它就明白是什么意思了，并且一定记得把它们乱拉过的地方的味道清理干净。端午也曾乱拉过，当时我找了一些双面胶贴在它总拉的地方，它踩到胶带后非常嫌弃，踮着爪子跑开了，再没去过。

三、眼睛

猫的瞳孔遇光变化极大，在不同的光线下单看眼睛基本完全像两只猫，并且它们视网膜后有一层反射光线的膜，一旦亮起来就类似于钛合金狗眼。

猫眼通常是清澈的，如果突然看起来眼神涣散、浑浊，眼周围布满分泌物，应该警惕，它们可能是病了。

四、端午叫声分为四种

第一种：最常见，就是“呼噜”声，它打盹、晒太阳、梳毛都是这个声音，很舒服的状态；

第二种：“咕”地叫一下，像鸽子一样。会悄悄走过来或者突然一回头，“咕”的一声，酷酷的，很潇洒；

第三种：“呜呜呜沙”，嘴张得很大，龇着牙，代表愤怒、恐惧；

第四种："喵呜、喵呜"，按说这应该是猫的标准叫声了，但端午很少这么叫，偶尔听到它这么叫，走过去看，一般都是有诉求，饿了、渴了、厕所脏了、想要打碎啥但够不着、把醋瓶子弄倒尝了一下被酸到了……

五、听力

猫听力比狗还敏锐，是人听力的三倍。所以家里有什么风吹草动，通常最先有反应的就是猫了。最好别往猫脖子上挂铃铛，这对它们是种折磨，谁也不想每天带着噪声走来走去。

六、关于洗澡

有种说法是健康的猫可以一生不洗澡，因为它们会自己清洁自己。医生给的建议是如果确实比较脏，可酌情洗，但每月不要超过两次。猫洗完澡吹风时通常很不配合，所以难吹干。我很少帮端午洗澡，但以前波仔生皮肤病，常帮它药浴，一个技巧是在洗完后，先不着急吹，可以准备两三条吸水毛巾，仔仔细细地帮它多擦几遍，然后用细齿的梳子边梳边吹，这样可以把吹干的速度提升几倍，人和猫都能少受罪。

七、猫的日常

猫每天差不多有一半的时间在睡觉，睡醒了花两到三个小时舔舔毛，梳理自己，再吃吃饭、晒晒暖、上上厕所、捣捣蛋，一天基本就过去了。

八、胡子

不能剪，它们平时判断障碍物、夜间行走等用处多着呢！你敢剪，它也挠你。

九、牙齿

健康的牙齿是白色、暗黄色，可以常喂些干猫粮和硬点的零食，帮助磨牙。有条件的话，最好定期给它们刷牙，并检查是否有牙结石（附着在牙周围的黄褐色物质）。

十、玩具

端午最喜欢的玩具有纸箱子、袋子、耳机线、围巾……即使没有玩具，它永远都能自得其乐。如果想吸引它们的注意，买点逗猫棒等互动玩具，不在家时，把逗猫棒挂在高处，它们能玩一整天。猫爬架我也买了，但端午并不着迷。猫树、猫抓板要有，给它们磨爪子用的，也防止它们指甲太长无处发泄去抓家具。不要让猫玩塑料袋，虽然它们很喜欢，但可能会导致窒息。

十一、耳朵

要经常检查，若发现耳道内很脏或有黑褐色耳垢，应该是生耳螨了——猫很常见的一种病。端午有一阵总挠耳朵，带去医院看，说有耳螨，拿了瓶药回来，每天滴两次，按摩耳道，然后用棉签将脏物清理干净，不麻烦，后来顺利痊愈了。现在我也会时常拿耳油帮它清理下，毕竟耳道内部它们自己难以清理。

十二、折耳要注意

看尾巴是否过短、僵硬；身体是否有畸形；四肢是否过短，走路是否平稳，有无倾斜；后关节能否弯曲，是否肿胀；是否爱跑、跳。关于折耳有种种争议，端午来了后，我恶补了许多知识，大家有兴趣的可以自己去网上多了解一下。希望大家不要网购黑心商贩为了利益不考虑健康状况大量繁育的小猫。

能遇到健康、温良的端午，我无比感恩、庆幸。

十三、梳毛

梳子的话可以多买几种，要有非常细密的跳蚤梳，定期梳一梳观察下有没有跳蚤。再准备一把去浮毛专用的梳子（齿不能太尖），每天把自然脱落的毛梳掉，防止它们舔进肚子，形成毛球，从而影响消化，越来越瘦。

十四、疫苗、驱虫

两个月大的时候要打疫苗，每年按时接种。端午拉过一次血，检查结果是因为体内有寄生虫，口服了半粒打虫药之后就好了，现在它每几个月做一次体内驱虫，定期体外驱虫。

十五、猫草、指甲钳

猫草：家里可以种一些，放在猫够得着的地方，可帮助猫吐出肚里的毛球。如果猫不吃草，可以定期喂一些有融化毛球功能的营养膏。

指甲钳：最好不拿人用的指甲刀给猫剪指甲，很容易把指甲剪劈。用猫狗专用的指甲钳，只剪去指甲尖部即可，剪时用力，速度快些，防止指甲劈裂。

十六、呕吐

端午呕吐过几次，浅黄色液体，有泡沫，掺杂着许多绒毛。仔细想想，以前波仔也有呕吐的现象。有次端午呕吐后，带它去医院检查，医生说是正常的生理反应。查了一下，呕吐分为两种：生理性呕吐和病理性呕吐。生理性可能为了吐出毛球或胃里不舒服，病理性的就须赶紧就医了。医生说了个简单的区分方法：吐完后，先停食半天，少给点水，看反应，如果活蹦乱跳的，那应该就没什么事；如果精神萎靡，并且隔很久不吃不喝、嗜睡，就得赶紧就医了。

十七、嗜好

开心时，喜欢用脸蹭人，用胡子扎你；喜欢满屋子溜达；没有固定的窝，可能睡在家里的任何一个角落；喜欢早晨 7 点左右到床上来，蹲在你的胸口；任何时候放到阳光下，都能打个盹；喜欢听轻音乐；喜欢看电视；喜欢吃狗粮，大颗的，嗑得嘎嘣脆；喜欢翻着肚皮打滚睡；能整个下午趴在鱼缸前捞金鱼；喜欢刚换的新猫砂；喜欢听马桶冲水的声音；喜欢看人洗澡；喜欢啃盆栽；喜欢洗衣机（开洗衣机时千万要检查，别把猫洗了）；喜欢睡在妞妞旁边；喜欢挠植物；喜欢钻柜子；喜欢爬窗帘；喜欢掏垃圾桶。

喜欢在家人干任何正经事儿时捣蛋，喜欢跟家人在一起……

十八、环境

猫还是很喜欢室内生活的，爱待在干净、清爽的地方。刚到家里时，它们可能比较紧张、腼腆，总躲在角落默默地观察着一切，这正常，用不了多久，它们就会反应过来自己才是这个家的主人，飞扬跋扈得顺理成章。另外，千万要记得用纱窗或防盗网等把阳台和窗户封起来，它们特别爱通过狭小的缝隙往外钻，特别是发情时，不少猫都是因此而走失、摔伤的。到年龄后，绝育对猫的健康和性情都有好处，也要尽早了解一下这方面的知识。

十九、万一被抓伤、咬伤

其实我个人认为，对此是不必过分紧张的，我给波仔、端午洗澡时，都曾被它们抓伤过。猫狗极少会因为抓伤而传播狂犬病，主要是咬伤，城市里接种过有效疫苗的家养猫狗是不会传播狂犬病的。被咬伤后，一定要第一时间用肥皂和清水清洗伤口至少 15 分钟，别嫌时间长。世界卫生组织推荐的一种狂犬病防治方法叫“十日观察法”，即被有疾病状况（毛色无光泽、显得较脏、流口水）或与健康猫犬行为异常（原本温驯的变得有攻击性，黏人的变得与人疏离）的猫犬咬伤后，要尽快去注射狂犬疫苗，人用的狂犬疫苗通常需 30 天注射 5 针，同时观察咬人的猫犬，如果 10 天内猫犬没有因狂犬病发病身亡，则被咬的人就可以终止狂犬疫苗的注射，同时可以判定，被咬人根本没有被传染上狂犬病，不存在啥潜伏期的问题，日后也不用补打疫苗。

注：该段内容整理自央视新闻微博

二十、关于教育

一些必要的限制越早告诉它们越好！比如不能爬到书架上往下推东西，不能上桌抢吃的，不能蹿到马桶边上试图往水里扎……某件事要禁止的话，就一直禁止，不能今天允许，明天呵斥，这样它们也迷茫。无论如何不要打猫，没任何作用，只能让它畏惧你，慢慢记仇后就不亲人了。它们犯错时，可以轻轻弹鼻子或用小喷雾器装水喷它来惩戒，实在不听话也可以用报纸卷轻拍脑袋。

其实教育啥的我没啥发言权，我东拉西扯点无非为了显得我懂……事实上我养过的两只猫从不听话，在家跟大爷一样。妞妞见桌上有啥吃的，顶多眼巴巴望着；端午洒脱多了，直接蹦上去就吃，并且自己吃开心了，还会把碗掀下去喂喂狗……我也反抗过，没用。每次想独自吃点啥好的，被发现后基本撵不走它俩……我目前找到的唯一解决办法是自己藏起来，关上门，偷偷吃……它俩在外挠门，我在里面加速吃，这种带着负罪感的快乐啊，咋说呢？让人着迷，养宠物的终极奥义……

二十一、关于猫狗和谐相处

不少朋友问过我这个问题，但妞妞、端午真没经历过那个生疏的阶段，它俩初见就玩在了一起，我帮着问了从事宠物相关工作的朋友，总结如下：

1. 若情况允许，新成员进家前，可先把它用过的一些东西拿回家，如卧垫、饭盆、玩具、衣物等，让宠物先熟悉一下彼此的味道；

2. 初次见面，新成员一定要由主人带回家，不然老住户很容易有抵触情绪；

3. 到家后如果它们彼此有敌意，先不要让它们正面接触，隔在不同房间先住几天，等它们稍微熟悉了，再引见；

4. 把食物、水分开喂食，避免因护食而产生冲突；

5. 如果确定它们不会伤害彼此，仅仅是不往来，可以将它们关在相对狭小的空间，让它们增进了解，习惯对方的存在。

以上这些，希望能帮上点忙，让初养宠物的朋友们少走些弯路。

*

妞午

妞端

×

TWELVE

妞妞宽容，有端午后，它俩从没起过任何争执，它分享了所有的一切，包括自己。

妞妞端午

每天在网上絮絮叨叨地说着它俩，真到提起了笔，又不知从何说起。

从一只懵懂的小猫到家中一霸，端午用了两年。为了让它能喝得更健康，我买了个流动的饮水器，它很久很久也没学会咋用，都是一头扎进小瀑布里……每次看到它那雨浇的发型，我就知道它渴了。

端午的专用水盆不算大，妞妞经常冲过去一口气就给它喝没了，但永远不必担心端午缺水渴着……它渴了，就过来搂着水盆；它饿了，就跑去搂着饭碗，喵喵地叫着，不吃饱喝足不会走，很会表达自己的诉求。

一直都认为猫进食的时候看起来比狗更有幸福感。它们通常慢条斯理，津津有味地嚼着，很少狼吞虎咽，等碗里的吃完再把旁边掉的渣渣舔完。总觉得它们吃得太少、太慢，但不知不觉竟也这么一口一口地长大了。

它俩从来都不护食，经常会在一起吃饭。妞妞在吃着东西时，能很轻易地跟它要过来，它一点不生气，看着你：你想吃啊，送给你。

妞妞不管吃啥，只要端午在，它就下意识地把饭盆给端午空出来一边。

无论给妞妞多么好吃的东西，只要端午想吃，妞妞总会让给它一些。蠢狗有很多很多缺点，胆小，嘴也非常馋，不知偷吃过多少东西，但是它很大方。

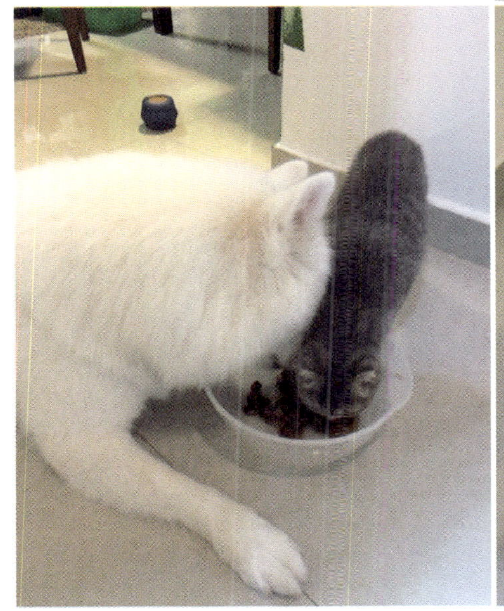

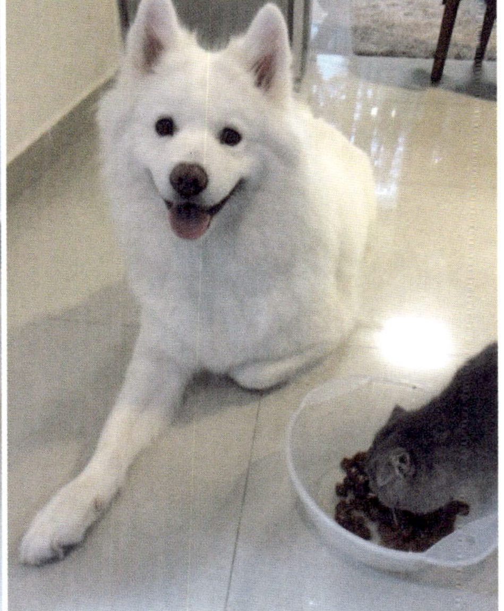

最开始妞妞每天吃两顿，吃成胖子后，根据建议有时一天只敢喂它一顿，每次它都盼着吃饭，然后风卷残云地把食物一扫光。端午来去自由，越大越不喜欢被人控制，包括吃饭。以前经常给它弄好了吃的，它闻都不闻，转身走开，过会儿饿了，又自己跑来要，所以端午的碗里，经常会给它留着一些新鲜食物。端午从不守规矩，在家里爬高上低，看到任何自己喜欢的，都舔一舔，尝一尝。

我买了一盒面包，带糖霜的那种，到家后放桌上就去洗澡了。洗完澡拿起来就吃，面包表面有些黏糊糊的，已经没糖霜了，我以为是糖化了，没在意。吃了几个后，有点奇怪，面包朝上的一面糖全没了，湿漉漉的，下面依然干爽，布满糖霜……越想越不对！把端午捉了过来，看到它一脸白乎乎的糖霜……

它平时不仅自己偷吃，还爱把桌上的东西打翻推下去，顺道把狗也喂了，后来我再不敢把食物随手裸露着放。

大家都是毛茸茸的一坨，四条腿，所以妞妞平时吃什么，端午也总想跟着尝尝。妞妞的食物链就太丰富了，汪爱吃的传统食物它全部喜欢，除此之外，它还钟爱苹果、西瓜、花生、哈密瓜等，我都不好意思跟它胃口完全一样。

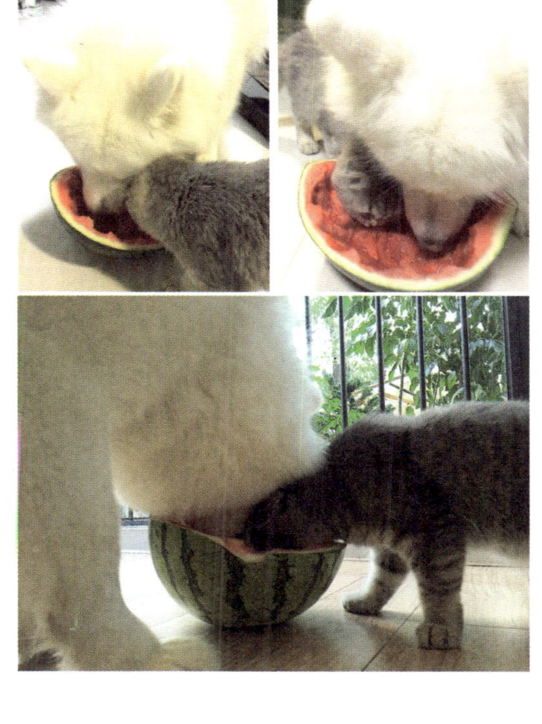

给妞妞买任何吃的时候都得问清楚，这东西猫能不能吃。给端午买任何玩具时也得问仔细，这东西狗能不能啃烂。

端午吃亏就吃在嘴巴又短又小，什么都啃不动，它爱守在妞妞一旁，捡点渣尝尝。妞妞吃苹果，它舔舔崩出的果肉；妞妞吃西瓜，它跟着喝口汁，它俩也算有来有往。

端午很怕自己被忽视，有人经过身边，它会习惯性“咕”地叫一声，提醒这儿有猫呢，注意，小心别踩着。

它想安静时就躲起来，但它一旦出现了，就会想尽办法引起主人注意，往身上爬，往手里钻，时刻不得安生。

平时看点啥东西，它经常慢悠悠地走来，缓缓卧下，挡住你正注视着的屏幕，提醒你适当地看一下猫，注意休息。

我手里拿着罐头，正打算喂它，突然电话响了，就站在原地讲了一会儿。端午急得在底下又啃脚又挠裤腿，我没在意……这货一气之下跳到了凳子上，一言不发，就这么气鼓鼓地瞪着我。我默默挂了电话……

端午到家里这么久，我每天得喊它几十次，但直到现在我叫它名字，它依然一脸蒙圈，从不答应。所以大家给猫取名字什么的，自己开心就行，反正它从来不会搭理你。

端午经常在家里乱窜，它有它的精神世界，有它的假想敌。它追逐影子、光线，甚至不会动的纸团。醒着的它心怀天下，来去匆匆。它要抓到了什么东西，会小心翼翼地捧着，愣神很久，你走过去准备看它如何处置时，它又倒头睡了。它认为自己责任很大，时刻守护着能看到的一切，不管你领情不领情。

乍一看，养猫是比养狗要省心些，但我觉得养猫其实是最花时间的。平时忙点啥事，随便看猫几眼，几分钟就搁进去了。闲着无聊，给猫挑点猫粮、玩具，个把小时就搁进去了。看天气好，给猫洗个澡，梳梳毛，一上午就搁进去了。看见点能用的材料，给猫做个窝，一天就搁进去了。等有一天担心猫会无聊，想着要不再弄一只给它做个伴吧，一辈子就搁进去了……

也许跟小时候总离家寄人篱下有些关系，妞妞性格很㞞，当然，也可以说它是温和、善良。

带妞妞出门，在草坪上碰见了几只烈性犬。我认出了牛头梗和德国牧羊犬，还有只它主人说是意大利护卫犬。几只狗狗分别被主人用力地拽着，不能打斗，但依然"呜呜"龇着牙，凶狠地看着彼此。主人们你一言我一语讲述着自家狗战无不胜的事迹。妞妞也跑了过来，捡只树棍嘎嘣嘎嘣地边听边啃。别人都看着我，我没说啥，牵着面前的这只"羊"回家了。

妞妞从没跟谁打过架，这是几年来我能回忆起的它与其他狗狗狭路相逢时的战绩：对比熊「败」被欺负；对蝴蝶犬，巴掌大的小狗「平」；对田园犬「经常败」都是绕着走；对柴犬「败」被啃伤；对阿拉斯加「㞞」压根儿不敢正眼

看；对大白熊「平」没被人家追上；对泰迪「平」；对博美「败」……妞妞见了凶点的狗，吓得头都不敢抬，我俩出趟门，运气不好时能被追好几次，一有情况它就往身后藏，有时得把它扛起来转着圈躲，有时得捡个棍子一路护送着。想养犬的朋友们可以注意一下，养萨摩耶能让你勇敢，真的，几十斤的大狗，出了门就全靠你罩着。散步时碰到突然飞起的知了被吓到，它就再不敢打那儿过了。在哪儿被猫恐吓过，它同样记得清清楚楚。途经被别的狗追过的地方时，它异常警觉，耳朵立着，边走边听边观察，一有风吹草动，随时准备跑。在家也是，听到敲门声它嚎得震天响，通知家里的所有人，然后自己躲起来。不开玩笑地说，蠢狗这么久以来唯一拿得出手的两次战绩是去年 11 月份追过一次鸭子，今年的 6 月份鼓起勇气拱翻了一只挺大的青蛙。

端午的沐浴液用完了，带着它俩到附近的宠物医院买。店里寄养着很多宠物，我跟医生聊天的过程中，端午严肃地走到房间正中央，缓缓趴下，对着冲它狂吠的猫猫狗狗“啊呜！啊呜！”全部回应一遍！妞妞吓得压根儿没敢进门，躲在吸尘器后面，偷偷地看一眼端午，就赶紧转头，又崇拜，又怕万一端午被揍了，自己会被牵连。

端午平时没一句废话，渴了饿了就蹲旁边叫几声，达到目的马上闭嘴。它高冷时谁都不靠近，想黏人了撵都撵不走，一切由己。面对强敌也决不畏缩，小耳朵向后一背，张开獠牙，抵死不退一步，但平时又很温驯，从不仗势欺人。它甚至没什么特别喜欢的东西，无欲无求，很少被吸引，所以也不受控制。端午要是人的话，也是个很酷的人。

它俩在家一般都挺忙的，各有各的事情。端午体形小，毛色又灰暗，随便往哪儿一卧都很难被发现。但想要找它的话一点也不难，有个秘诀：它喜欢待在妞妞附近，所以通常只要找到妞妞，蹲下跟妞妞说说话或玩一会儿，观察四周哪儿有动静，等着它自己冒出来就行了。有种带着答案去解题的胸有成竹，这算是挺温暖的一件小事。

它俩一直影响着彼此的习惯，妞妞喜欢直挺挺地躺着睡，露着个肚皮，完全没个女孩样，端午到家不久就彻底学会了。它俩经常在家睡得四仰八叉，让你每一步都得走得小心翼翼。

清晨第一缕阳光照进家，端午起大早趴在阳台附近的凳子上，开晒。接下来的一天里，随着阳光的转移，它见缝插针，不停地变换着地方，把自己晒得暖烘烘的。赶上天气好时，走过去摸摸它，身上的毛都是滚烫的。

傍晚，夕阳西下，家里最后一扇有阳光的窗户在厨房，它俩又火急火燎地赶过去，躺好，享受来自大自然最后的这点馈赠。每天都这么迎来送往，乐此不疲，向日葵一样地活着。

家里地方虽然不大，却也足够它俩躺的，但端午最爱的还是睡在妞妞旁边，就那么随意地一躺，露着最柔软、脆弱的肚皮。妞妞性格毛躁，来去都慌慌张张的，但它从没踩到过端午，一次都没有。所以有时我觉得没什么伤害是无意的，因为如果有爱的话，连一只狗狗都知道要加倍小心。

这只毛虫，是妞妞刚到家时买给它的，差不多是它最早的玩具了。那时候家里还没有端午，在磨牙叛逆的日子里，它啃坏了无数东西，却从未动过毛虫一口，睡觉时经常守着，后来无论买什么给它，它总爱把新玩具衔到毛虫旁边玩。它把所有的玩具当玩具，但把毛虫当了朋友。

妞妞很爱惜自己的东西，朋友来家里拿资料，知道我养了萨摩耶，就把他家的哈士奇带来玩。哈士奇进家后，妞妞很紧张，焦急地护住了自己的一切东西。但哈士奇根本没把自己当外人，连吃几块鸡肉干、一个苹果，临走还衔走了妞妞的网球。二哈走后，妞妞郁闷了一上午，一气之下把粘毛的滚轮也啃了。我不得不停下手上的一切活儿去买网球赔它……

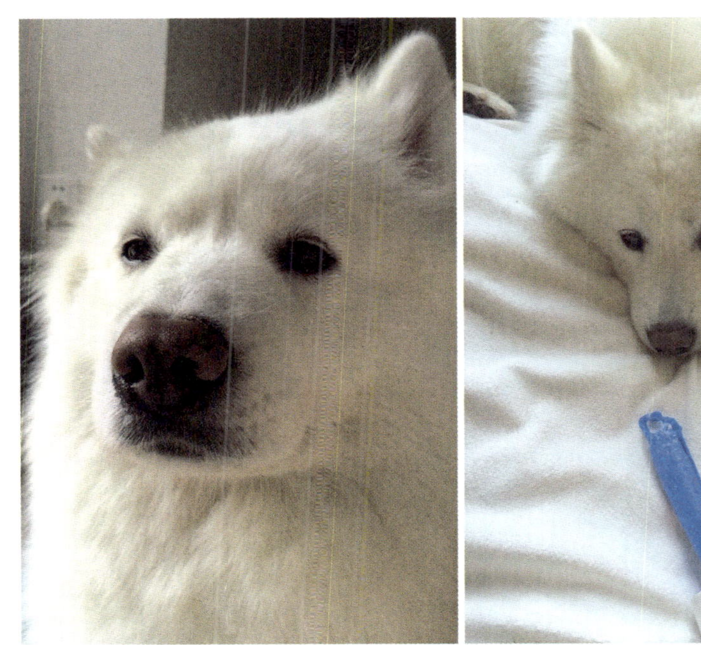

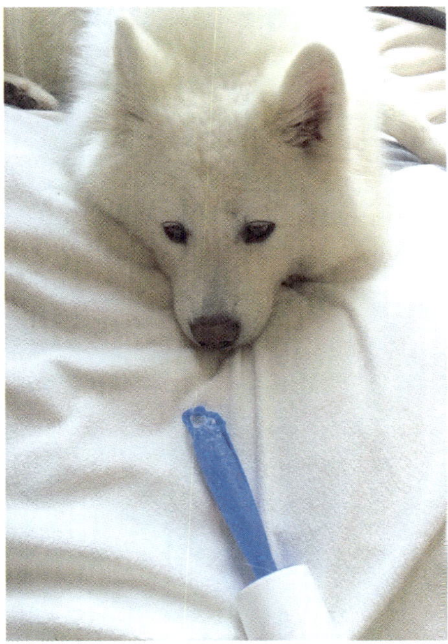

买了小龙猫床给它俩，天冷时，妞妞就总睡在上面，身为雪橇犬的它居然挺怕冷，这让我有些始料未及。

趁着天好想把龙猫床拆洗一下，它百般阻挠，拼命地护着。我解释了一遍又一遍：就给你洗洗，洗干净就放回来了……不听，还是抵死不撒爪。

把龙猫床外面的套子拆掉后，它一直追到洗衣机旁，回来又紧紧地趴在白色的内胆上，就那么守着，生怕再被拿走。蠢狗这点还是挺一根筋的：不管你变成什么样，我都爱你。

天热了，把龙猫床收了起来，冬天时再取出，它俩迫不及待地蹦了上去，卧很久不愿下来，许久不见再团聚有说不出的欣喜。

搬开床垫找耳机时，无意间发现了端午的秘密基地，里面有它收集的各种球、纸团，甚至还藏了一个没开封的果冻，不知道它咋推进去的……它尽量装成若无其事的样子，不承认。但你赖得掉吗？！不是你还能有谁？！

端午平时看起来吹胡子瞪眼的，但它也并非无所畏惧。送水小哥进门后“duang”的一声把水桶重重地放在地上。睡觉中的端午吓得从吊床上飞起，连滚带爬地蹿到了门后，过了好一会儿，才敢偷偷地探出头往外瞅：刚刚啥声音？咋回事？

端午不喜欢闹腾，爱安安静静地待着。家里来客人时，妞妞一般都很积极，忙里忙外地招呼着，但从看不到端午，它会找个隐蔽的角落卧着，一直等到人都离开了，再慢悠悠地出来。

端午有两个特点：1.它不喜欢被抱，把它抱起来搂在怀里，它一定会挣扎着跑开；2.不喜欢被人左右，它要是走过来想卧在你身上，你把它拿开，它一定会再跑回来。综合以上两点，我做过一个实验：突然把它抱起来，搂在怀里，不等它反应过来，再冷冰冰地把它放下……整只猫蒙了，当场愣住，陷入思考，不知该何去何从……

有一阵，在端午碗里放的猫粮、罐头，它都没咋吃。我担心得不行，摸摸它肚子，鼓鼓的，并不空，又怕它可能没吃东西但胀气了。检查它的厕所，照常拉了。我一口一口地喂它吃营养膏、零食，求着、哄着，怕它饿垮了。几天后的一个傍晚，我听见角落里有窸窸窣窣的声音，走过去拨开看，撞见了正在偷吃狗粮的端午……它钻到了狗粮袋子里，大口大口地吃着……我们都没说话，场面很尴尬。这次邂逅，让我俩很久都没办法面对彼此。

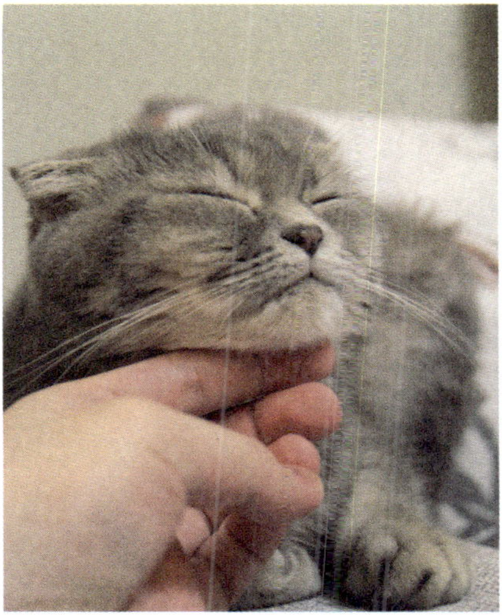

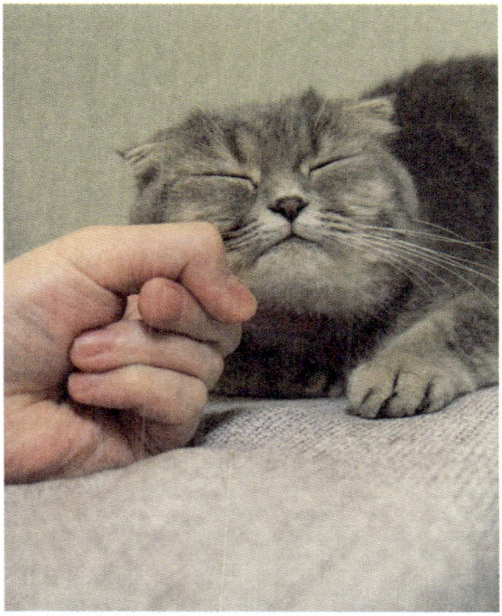

端午最喜欢的相处方式，就数帮它挠下巴了。它平时挺高冷的，但一摸它下巴，整只猫像是瞬间酥了。它会很努力地伸着脑袋迎合，身子软得像摊泥，挠它多久都不会厌。它可能也知道这样的爱好有损威严，所以事后它若无其事地打理着自己，多少有些羞涩。

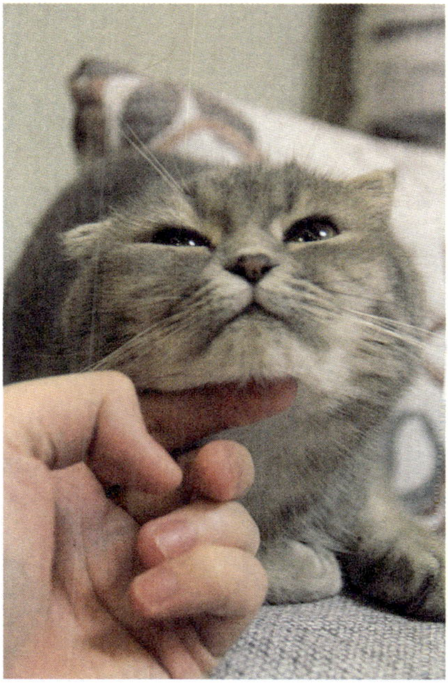

这几年随着工作变动，我租了好几次房子，它俩也跟着搬了几次家。妞妞也从一只小狗慢慢长成了大姑娘，这中间它断断续续地恋了几次爱。单身时的妞妞生活简单潇洒，在家吃喝睡，出门就撒撒欢，使劲儿蹦跶。恋爱时，整只狗明显稳重了许多，在家也不那么欢实了，出了门更是无时无刻不在火急火燎地寻觅。

有时刚给它洗的澡，出门碰到了喜欢的狗狗就打着滚玩，回来就不成样了，到家后一趴，喘着粗气，小脸红扑扑的，身上毛全黏着，竖起来，像个刺猬，又得洗。洗一次澡得几十块钱，所以它恋爱的成本也是不低。

带妞妞出门遇到别的狗狗，无非三种情况：一是它们开心地玩耍；二是别的狗想欺负妞妞，它吓得连忙躲开；三是双方没任何感觉，擦肩而过。遇到第一种，当然开心了，但妞妞躲过了第二种，其实也很开心，兴奋地长舒口气，开始蹦跳地走着。倒是碰到第三种，它会低着头消沉很久。也许生活就是这样吧：不怕爱上，也不怕受伤，就怕平常。

妞妞脾气很好，如果遇到了想跟它玩的小狗，即使它不怎么感兴趣，也会很温驯地陪对方玩，从不发火。端午就没有这涵养了，碰到了喜欢的小猫还行，如果不喜欢对方，它转身就走，如果对方缠着不放，它马上发火，绝不会浪费一秒。其实想想，这点应该跟端午学，很多事情确实不该将就，咱们披荆斩棘来到这世上，十年寒窗，努力工作，难道最终是为了跟不喜欢的人在一起？世界很好，但有时身边的人错了，整个世界就全错了。

妞妞很怕打雷声和放炮声，每次听到类似这种巨大的声响，它要么快速地跑到人身边，要么自己躲在角落瑟瑟发抖。一到雷雨天气，它就很焦躁，坐也不是，卧也不是，来来回回地在房间里走动。端午来家里后，情况稍微好了些，它总是谜一样镇定，妞妞趴在它旁边，多少能有些缓解。

元宵节时，窗外鞭炮声、烟花声此起彼伏，妞妞吓得把头埋在我怀里不敢动弹，端午自己卧在门边。过了好一会儿，妞妞不知哪来的勇气，也走了过去，蹲在端午旁，看起了窗外的烟花……

或许它总算觉得没那么可怕了，因为端午都不怕；或许它还是那么怕，但想着万一有啥事它能帮端午挡一挡，谁知道呢？但这真能算是妞妞的大日子了，第一次勇敢起来！愿你最终也能穿过恐惧，看见美丽……

给它俩洗澡从来都是挑战。

妞妞非常抗拒洗澡。它体形较大，一般都是去宠物店里洗。它的毛是白色的，脏得又特别快，所以每月都要洗一两次。每次去洗澡，都得连哄带骗，去得多了，它记住了通往宠物店的每条路,只要稍微靠近一点，它就拼命地往家拽，所以最后一段路都得扛着它过去。

我俩在路上走得好好的，然后我给宠物店打了个电话问现在洗澡用不用排队……妞妞突然就不走了，怎么劝都不动弹。可以确定的是，

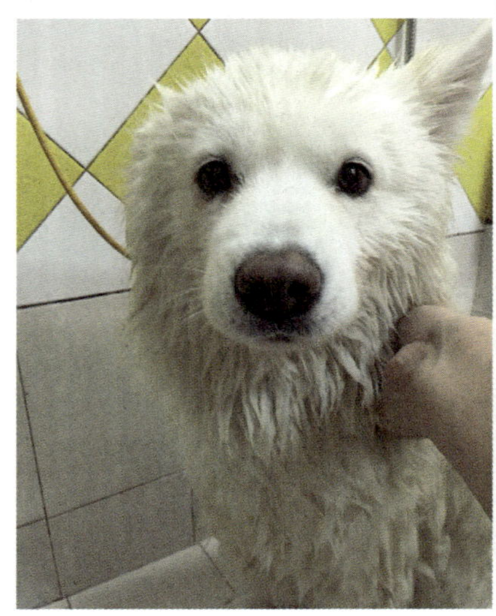

在它有限的词汇量里，除了能听懂“酸奶”“肉干”“出去玩”这些，如今又多了个“洗澡”。

相比起来，给端午洗澡还算容易，不用出门，可以在家洗。它挺讲究卫生的，所以帮它洗澡的频率并不是很勤。端午一沾水就像卸了妆，画风完全变了，最大的受害者就是妞妞，目睹素颜的端午后，整只狗有些不知所措。

说到洗澡，还得提醒一下大家，给狗狗吃西瓜的话别给多了，不然它们会拉肚子。另外，挑西瓜时，最好选直径比狗脸宽几公分的，瓜皮也得切开了再给，不然吃完后效果是这样的，澡又得重洗……

吃完的瓜皮洗干净，还能给它们做个帽子啥的，简单易操作，戴上后宅着能美观，出门防欺负，实乃居家旅行必备。

也许是出于对自己小耳朵深深的怨念，在妞妞的身上，端午最感兴趣的当属耳朵了。它俩平时玩闹，端午看到妞妞又直又挺的耳朵十分好奇，会情不自禁地想摸一摸，帮它顺顺毛。

妞妞也常帮着端午薅薅耳朵，想帮助它成长，出发点是好的，遗憾的是并没起到过任何作用。

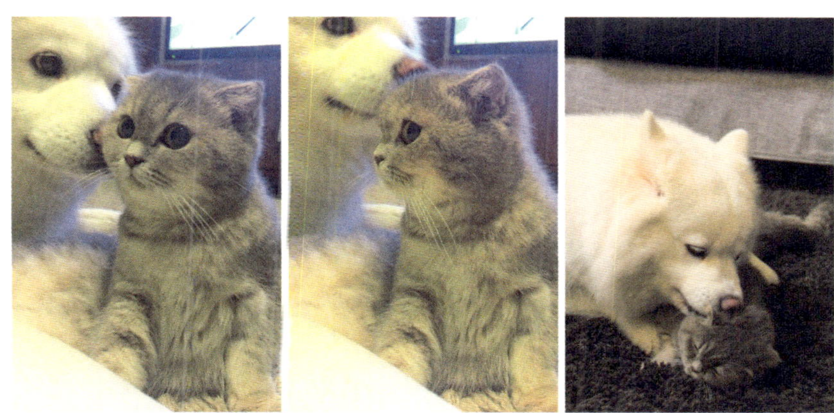

在得知人家的耳朵是天生的，没经任何努力就长这么好看后，端午羡慕得一头栽在了妞胖身上……

吃饱喝足的端午，喜欢静静地看着窗外，妞妞有时会过去陪它，但大多数时候，都是它自己。它注视着外面的一切，飞鸟、昆虫、划过的树叶，或者是简单地放空。若是被发现了，它就默默地走开，像有不愿跟人分享的小秘密。

端午的灵魂是独立的，它活得慢慢悠悠，不等待也不寻找，眼神永远淡定、深邃、无怨无悔。它干过不少蠢事，挠卫生纸、摔碎家具、翻垃圾桶、偷吃狗粮……但它从不因自己的任何行为感到愧疚，举爪投足都像是注定的，一言一行皆为真理。这种无与伦比的坦然和自信，放在人身上应该就是不要脸。

妞妞不同，它很没有安全感，大家都在，才是它最开心的时候。过年时爸妈都来家里，热热闹闹的，它每天跑东跑西，走路都踮着脚，兴奋得直转。年后爸妈回去，家里冷清了下来，妞妞也消沉了许多。夜里它俩都睡了，我虚掩着门，悄悄出去倒垃圾，回来时发现妞妞默默地守在门口。灯太亮了，它眯着眼，打着哈欠，看着我。我摸摸它的头，一起进屋，它倒头又睡了，靠着床边。它可能是怕我也离开吧。

以前家里只有妞妞和我，我出门前给它放上些水果，它都只是尝几口，然后放起来。等我回到家里，它再开心地衔出来，嘎嘣嘎嘣啃了。独自在家，它从不敢把食物吃光、水喝完。

妞妞非常喜欢出去玩，所以它最爱开门的瞬间。我只要一碰门把手，它就激动得不行。但有一次它咬坏了家里很多东西，我开门，推着它屁股把它挪出去，吓唬说：你走吧，不要你了……它像是听懂了，竟疯狂地往家里挤。后来它又犯错时，我佯怒吓唬它，重复了这一幕，它果然又在门口，哪儿都不去。但事后我发现，它一整天都不开心。我自责了挺长时间，从此再不敢开这个残忍的玩笑。

说起“执手相看泪眼，竟无语凝噎”这场面，我还真经历过。妞妞刚来家里时，有一段时间我也出差，不得已把它寄养在附近的宠物店。一个礼拜后我去接它，它挣脱了绳子，把狗头插在我怀里，几分钟都不肯拔出来，能感觉得到它一直在发抖。也难怪，它那核桃仁大的脑子应该不懂什么叫出差，它肯定以为我不要它了。

其实当只有家的猫也真没什么不好的，饿了吃，困了睡，闲了捣蛋。每天操的心就是躺哪儿阳光足一些，怎么才能多混点好吃的。路过衣服，睡一会儿；路过纸箱，睡一会儿，时间全是自己的，从来就没任何安排，也不接受催促。不挂念从前，不担心未来，余生皆假期。

妞妞年龄比端午大些，但它俩相处起来，端午更像是长辈。妞妞安静时在屋里踱步，端午会远远地跟着。妞妞兴奋起来满屋子疯跑玩球，端午就跳到高处看着。不管妞妞吃啥，端午都把肥脸横过去，啃得动的跟着啃，啃不动就捡点渣，或者干脆趴在旁边就那么望着。端午极少出门，平时它也不爱待在门口，它对外面的世界不咋感兴趣，但遛妞妞回来时，开门得轻一些，它有时会蹲在门边守着。

萨摩耶总是笑着的，妞妞热了喘气是笑，感冒打喷嚏是笑，就连痛苦难受，嘴巴合上了，形成的也是一张笑脸。这让人放心，也让人难过，就像长大后的我们。愿你在不开心时，也有谁能这么放下高冷哄哄你。

它俩上厕所也挺有特点的，妞妞在外上厕所时肯定会回头看一下，要确认了我在附近它才放心地拉。有种说法是，宠物这么做是对主人莫大的信任，它把自己最脆弱的时刻交给你守护。

端午不同，它想拉就往自己的厕所里一蹲，屁股一抬随时拉，但拉完仔仔细细地埋好后，它会着急忙慌地跑出来四处瞅。我的理解是这货很不要脸地想确认一下，这一会儿世界没它的保护，是否运转如常。

还有，妞妞从不当着它喜欢的狗狗上厕所，这是一个姑娘最基本的坚守。跟心上汪在一起时哪怕再急，它都会示意我带它走远点，自己躲起来解决。所以妞妞如果当着哪条狗狗的面拉了，就证明它俩彻底没感觉。

妞妞最大的爱好，就数玩球了。一个小小的网球，扔出去，它再衔回来，简单的一个动作，在它看来像有无限的乐趣。它在阳光下跑着、跳着，毛发飞舞，白花花的一坨。

基本上每天都要陪它玩会儿球，不用我特地去记时间，到了点，它就衔着它的臭球来了，放在我身边、手里，就那么虔诚地望着。

毕竟还是长毛犬，妞妞跑一会儿就会气喘吁吁。它很容易渴，能一口气喝掉半瓶水，每次出门都得给它背着水瓶、水碗，路上间隔着喂它几次。我扛着家什走起路来咣当咣当的，像个移动的饮水机。

妞妞在玩球时受过一次伤，之前也说到过。傍晚我们出门玩，到家后它不吃不喝地自己躲着，夜里我发现它脚上的伤口后，带它赶去了医院，缝针时它躺在高高的台子上，有些害怕，但很老实，我在旁边扶着。从医院出来，它虽然脚上缠着纱布，但如释重负，欢快地走着。蠢狗还是很信任我的，平时给它什么东西，它尝了尝不吃，我拿点新的，当它面吃，它就把地上的捡起来吃了。那晚它脚刚缝了针，我怕它走太快万一开线，蹲下捧起它的伤脚观察，然后摸头、拍胸地安慰，等我把狗腿放下，它当场瘸了，伤脚悬在半空中，小心翼翼，一步一步地跳着。它不太清楚什么能吃什么不能吃，但我吃的就一定好吃；不知自己病没病，但我说病了那就一定是病了。

带着脚伤回到家后的妞妞，迅速进入了病号状态，往沙发上一躺，仰望屋顶，长吁短叹，无限惆怅。以前遛弯要跑很远才躲在角落里解决，现在刚出门就一蹲，开拉，感觉整只狗都看开了，也再没心玩儿了，拉完就瘸着往家走。吃饭送到嘴边都不站起来，躺在地上横着吃，罐头、零食必须纯吃，掺点狗粮都不行。困了直接睡在沙发上，醒了抹一把哈喇子继续深沉，摸它、挠它一律不予回应：别闹，我这正疗伤呢……

妞妞很爱舔伤口，为了阻止它，受伤时都得在头上给它戴个罩子，它非常排斥，可给气坏了，打着滚地想弄掉，未遂。

端午来家里后，有段时间它脚发炎，给它涂了药后它还是总舔，劝不听，也给它罩上了。罩子扣头上，妞妞着急又弄不掉，跑去找端午。刚开始端午手生，花几分钟才能挣扎着帮它挠开，后来手熟，咔咔几爪子就能帮它弄掉。没办法，给蠢狗涂完药后，只好给端午也戴一个，扣上后当场就老实了，一大一小情绪稳定，朋友一生一起走。

它俩每年都会脱毛。端午不急不躁，是日脱型选手，每天脱得均匀、稳定，浮毛随时梳随时有，并且它的毛非常细，会浮在空中，要经常给它梳。妞妞实在，一年脱大概两次，到了季节开脱的时候，还挺吓人的，身上一层层地掉，摸一下一手毛，脱完毛后，整只狗凋零得像风中的破牙刷子。秋天时，脱完毛的妞妞瘦了一圈，看起来特别单薄，看着天气渐渐变冷，我还一度为它担心过，结果它一阵猛吃，赶在入冬前又成了毛茸茸的胖子。挺欣慰的，它心里有数着呢。

养宠物是能改变人的生活习惯的，基本上每天早上醒来，首先看到的就是妞妞这张脸。

周末也从来不敢久睡，稍微赖会儿床，它俩就都到了。

我生活习惯不好，经常熬夜晚睡，晚上忙时，会写材料到凌晨，它俩左一趟右一趟地满屋溜达，不时从我身边走过，或趴在旁边蹭蹭，端午有时也会跳到我身上。入夜前，我都会遛下妞妞，它俩也吃饱喝足，按道理应该已没什么诉求了。房间灯亮着，光线很强，但它们困了，睡觉也不会走远，就在我身旁。后来我觉得，它俩应该是在陪我。仔细想想，它们的生物钟几乎与我一样了，每天醒来、睡前总能看到它俩。它们不说话，但心里什么都懂，陪伴是最长情的告白。

其实生活从来就没容易过，我们都可能遇到失恋、失业、失去健康甚至一切。有宠物在身边，心里多了份牵挂，但它们能带来的绝不仅仅是每日的陪伴。有时在外受尽了困苦挫折，到家蹲下来抱抱它们，它们期待的眼神里，仿佛有个被你庇护着的小世界，再弱，你也是它们崇拜和依靠一生的主人。或许它们分担不了什么，但能支撑着你再难也要走下去：狗还没遛呢，猫也得喂，倒下了怎么行？

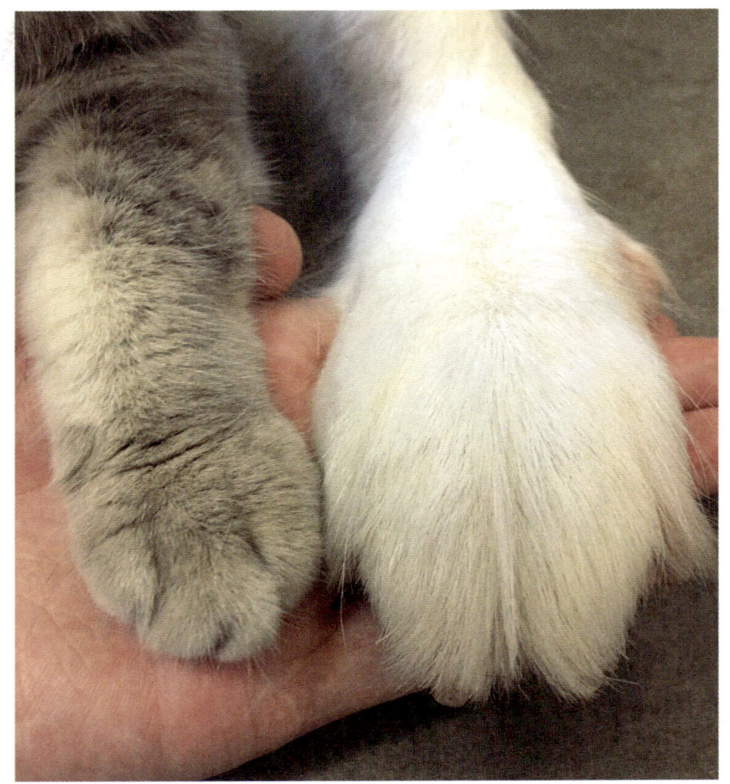

重要的事情，放在最后说吧。端午的品种是苏格兰折耳猫，折耳猫虽然可爱，但它们有天生的“基因缺陷’。当然并非每只折耳猫都会发病，但它们确实存在着发病的风险，一旦发作会终身疼痛并造成行动不便。折耳猫只能与立耳猫交配，所以它们的后代中就会有折耳和立耳两种情况。遗憾的是，有些黑心商贩为了利益不惜让折耳猫与折耳猫繁殖，这就导致有些小猫一出生便带着病痛或残疾。如果您喜欢折耳猫，在成为主人前请一定多做了解。

端午是我买回的，我没任何权利在您决定是否要养宠物或养何种宠物时指手画脚，更没资格要求您去领养。但请您在做决定前一定要三思，一旦养了，就终生不要弃养。还有，不管是街边流浪的还是福利机构笼里的，每只小猫、小狗都能成为您的天使，它们能带来的幸福和快乐，绝不亚于任何所谓的名贵品种。可以的话，请在做决定时，也给它们一些机会。

能与它们在一起，付出与收获相比，不足挂齿。它们未必能陪我们一生，但它们一生都陪着我们。

*

小 翠

×

THIRTEEN

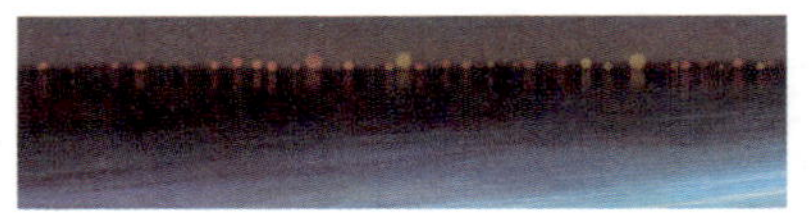

我说：刚才人那么多，小花胆小，敢从树上下来不容易，因为你，它相信了这个世界。

小翠笑了：因为它馋。

我问小翠：你不喜欢这里吗?

小翠说：喜欢，但人不一定能生活在喜欢的地方。

小翠●○

2015 年 5 月，所有烦心事赶在一起来了。

眼睛突然看不清东西，稍用力地注视一会儿就头疼。去检查，说是用眼过度导致视力下降，配了副眼镜也没怎么缓解，医生除了让吃些维生素多休息，没别的办法。租的房子马上到期，物业以小区不再让养大型犬为由拒绝续约，得找房子搬家。偏在这时候，工作上又连收了两个投诉……

眼睛在早上是最难受的，畏光、流泪，眯眼走在路上没一点安全感。我工作还算自由，平时不用坐班，但忙起来也总到处跑。想了想，决定干脆把房子租在单位旁边，离得近，回来也方便，能照顾猫狗，省心了。

抽个周末，跟着中介跑了一整天，订了套觉得还算合适的。

以前的房子还没到期，所以搬家并不是很着急，有空了就打包些行李运过去，这么断断续续地用了近一个月，家才算搬完。

搬进来后，才发现这房子的最大缺点：信号非常差！接电话、收信息基本靠缘分，手机经常半晌没反应，然后突然狂振连着收到十几条信息和未接来电提醒。东西都运来了，退也来不及了，只好就这么住下。走到门口的走廊才有点信号，但依然断断续续，有一句没一句，接个电话跟做阅读理解一样，靠猜。

5 月 31 日

忙完回来，已经傍晚，洗完澡摸出手机，没电，不知啥时候关机的。充上电开机，十几个未接来电，赶紧穿了件衣服开门到走廊里打了过去，是同事接的，说之前投诉我的两个客户，电话联系不到我，都闹到了单位。

来投诉的是两位六十多岁的阿姨。最不愿见到的场面还是发生了，她俩投诉的都是我，这一碰头简直天雷勾地火，更加理直气壮了。

我赶过去，试着和解，但拒绝了她们各种不合理的要求，我认为自己尽责了，心里也有气。事情还是没解决，只是将她们暂时劝了回去。

处理完这些破事到家，扭钥匙开门，门没推开，稍微用力，是妞妞趴在门后挡着，它也惊了一下。傍晚走得匆忙，看了一下，它俩的饭盆都空着。帮它们做了些吃的，端给妞妞，又喊了声端午，一如既往地没反应。绕着房间转了一圈，看了它总爱待着的几个地方，都没有。到厨房拿了它的猫粮袋子，呼啦呼啦晃着喊它。端午虽然从不识号，但它认这个声音，只要听到了，不管饿不饿都会跑来看看。这么折腾了一会儿，还是不见它的影子。没怎么担心，家里旮旮旯旯挺多的，它也有过几次把自己困住出不来的经历，我又仔细把家里它能躲进的所有地方翻了个遍，依然没找着，这才开始慌了。仔细回忆了一下，最后见它是刚才离家前，临走前匆忙地接电话时，门是开着的……我赶紧跑到门外，沿着走廊找，门口不远处，发现了它拉的一堆，它出门了。走廊尽头的安全门开着，往下走一层楼梯就到小区，我跑下去，一路喊着找了一圈，没见它。

端午丢了。

回来时，借着灯光发现门外面的漆掉了一块，蹲下细看，有端午抓过的痕迹，又欣慰又难受，这货起码还曾试图回家。

我脑子一片空白，手脚都麻了，没有知觉。看了一下表，已经是1日的凌晨，静下来想想，从它出门到现在，已经四五个小时，小区四周是铁栏，边上种着稀松的灌木，缝隙完全挡不住它，外面就是车水马龙的大路……

我换了双鞋，拿上猫粮袋子和手电开始下楼找。即将盛夏的广东异常闷热，没一丝风，昼夜几乎恒温，像住在一盒罐头里。嗓子很快就喊哑了，我只能摇着袋子，一路蹲着跪着翻所有角落、车底，问路过的每个人，都不见它的踪影。

灯一盏盏地灭了，不记得这么找了多久。

我趴在地上用电筒照车底时，有人从后面拍了一下我的肩膀。回头看，是个姑娘，留着齐耳的短发，穿棕色的布衫。我不大会判断人的年龄，她看起来比我小些，大概二十出头，怎么说呢，整个人像朵小小的蘑菇，无毒善良的那种。

她问我：你在找猫？

我说：是是是，一只灰色的猫，折耳。

她说：你等等。然后转身进了楼道。

两分钟左右，她出来时，手里捧着灰蒙蒙的一坨。我从没见过天使，但这世上如果真有的话，应该就是她捧着端午出现时的样子。

她把端午递过来说：是它吧？晚上我去上班时在这儿碰到的。它跟着我出了大门，给东西也不吃，我看着像谁家走丢的，就先带回去了，我在门口那儿留了住址。

也真该有这场劫，几乎问了所有人，一着急偏就忘了多走几步去门口的管理处看看，有没有人捡到它……

我说：太感谢了！你住几楼？要好好谢谢你。

她说：不用。

我看了看端午，干干净净的，没受一点伤，再抬头时，女孩已经转身快速地进了楼道。

我抱着端午到家，把它放下，这货慢悠悠地去喝了口水，回到它最爱待的位置，翻个身躺好，看着我：咕……

我困得眼都快睁不开了，原本打算等找到了说啥也得结结实实揍它一顿，现在也下不去手了，趴在床上倒头就睡。

睡了会儿惊醒，一身冷汗，梦见还在找端午。翻个身，一阵剧痛，开灯看了一下，两个膝盖不知什么时候都已磨破，流了许多血，裤子粘在伤口上，结成了痂。妞妞睡在床边，端午卧在它尾巴上，打着呼噜。一切如常，又不太真实，像一场没醒透的噩梦，满心后怕。我定定神，心想一定得好好感谢那位姑娘。

6 月 1 日

睡了一上午，中间有几次都是被端午趴在胸口压醒的，低头看了一下，它在床边蹲得规规矩矩的，等喂食。怎么看它都不像能鼓起勇气离家出走的一只猫，想了想，它应该是好奇地出门转悠，然后被错关在了外面，原谅它了……

下午起来去医院复诊眼睛，还是老症状，医生让多运动，多休息，这根本就是冲突的嘛。顺便把膝盖也包扎了一下，出来时买了一篮水果，准备报恩。

到小区管理处，问了一下值班的小哥，有没有人捡到一只猫过来登记，小哥指了一下门边的失物招领小黑板……在众多的便笺中，找到了一张，工工整整的两排小字：捡到灰猫一只（耳朵向下）……第二行写着日期、楼的栋数和门牌号。

我按照地址找了过去，门口摆了个硕大鞋柜，放着许多双鞋，屋里传来叽叽喳喳的声音，听着很热闹。

我把果篮放下，敲了敲门。

开门的是个女孩，看到我愣了一下。我往房间里瞄了一眼，很大的客厅，除了刷好的墙壁和木质地板，没有任何装修，整齐地放着两排双层的床铺，看起来像是个宿舍。

女孩问我找谁，我说昨天有个姑娘捡到猫还给了我，我想谢谢她。女孩一听笑了，说：你就是猫的主人啊！它好亲人啊！昨天还卧在我身上呢。

我随声附和着，心里想着回家得揍端午一顿。

女孩又问：猫叫什么名字啊？

我说叫端午。

女孩说：啊，昨天楼下喊那几声端午，是你在找它？

我说：是啊！你们能听到啊？它听到了有啥反应没？

女孩说：我们听到了，端午端午的，还以为你是卖粽子的，它啥反应也没有啊，它不知道自己的名字吗？

我笑了笑说：猫一般都不识号的……心里已经在盘算着回去揍端午的细节了……

女孩说：你要找的人，上班去了，要很晚才回来。你的水果是要送给她？我俩是老乡，我叫张月，我可以代吃的，哈哈哈哈。

我赶忙把果篮递过去说：猫多亏你们照顾，感谢！你能把我的手机号转交给她吗？等她不忙时我想当面感谢！

女孩说没问题，她记下了我的名字、住址，我们互换了手机号码。

6月2日

很久没这么上心过了，把手机攥在手里，生怕错过。

中午时收到了陌生号码的短信：水果收到了，谢谢。其实不用客气的。

我说：该感谢的是我。你什么时候有空？想当面谢谢你。

女孩说：不用，别放心上。

我说：等你不忙时，请你吃个饭吧。

女孩说：好意心领了，但真的不用，能帮上点忙很高兴。

我也只能作罢，说：那好吧，咱们是邻居，以后有什么事我能帮上忙的，请一定告诉我。

女孩说：好的，谢谢。

没能当面说声谢谢，心里还挺失落的，不过好在离得近，总会再遇到的。

6月5日

焦头烂额的几天，跟之前投诉的客户反复周旋，没一点进展。

其实端午离家出走的那天晚上，同事在单位帮着调解了很久，客户刚有松口的念头，夜里打来电话，我刚好在找猫，着急忙慌的没听着，她们也憋着气，这就算得罪死了。

不过也没事，债多了不愁，虱子多了不痒，她们爱闹就使劲儿闹去吧，我眼难受，睁都睁不开，主要以休息为主，到家捏捏端午的肥脸，一点不遗憾错过了她们的电话。

6 月 15 日

家里的手机信号依然是苟延残喘，接不能接，打不能打，一气之下，翻出了以前的旧手机，决定换个运营商，多办张卡试试。

到了店里，赶上他们做活动，开号预存话费能送自行车，于是走着过去的，骑着回来了，生活就是这么奇妙，到家装上卡一试，还是没信号……

6 月 27 日

转眼近一个月过去，自那晚以后，每次回家时我都留心地寻找，小区不大，出来进去只有一个大门，我还转悠着在门口等过几次，想碰到她当面致谢，但再没见过那姑娘。

虽然没以前那么忙了，但到家后喂猫遛狗，弄完这些，基本上天也黑透了。自行车就骑了拿回来时的那一趟，再没动过，看着它这么闲置了确实可惜，总在家待着，我也困得慌，就半夜推着车出来了。

刚出小区大门，路灯下有个女孩弯着腰在修自行车前筐，背影看着有些眼熟，我凑过去，真的是她，总算遇到了，端午的恩人……

借着灯光我第一次看清了她的样子，她比印象里还要瘦小些，偏黑的皮肤，圆圆的鼻子，嘴唇翘翘的。

直到我打招呼，她才认出了我，有些害羞，抿着嘴笑了一下，嘴角向下。

我们合力修好了车筐。

我问：这么晚出去有事？

她说：没，骑车在附近走走。

我说：我也是，一起吧？

她说：行啊。

她骑在前面，我跟着。我们穿过一条漆黑的小路，眼前再亮起时，竟到了海边……

来这么久，我刚知道这后面是海。从入口进去，是座狭长的公园，依海而建，岸边有平整的石路，一眼望不到尽头。

海边比公路热闹些，已经深夜了还有三三两两纳凉的人。我们慢悠悠地骑着，不时有自行车从我们身后呼啸而过，骑手们通常穿运动服，车上的小灯一开，五光十色，看起来比我们专业不知多少。我自行车很矮，像个童车，她的也没好哪儿去，车把是弯的，甚至还带个车筐……

没骑多远，我就上气不接下气了，久不锻炼，身体虚得可以。她也累得满头汗。我们商量了一下，向旁边拐，绕个圈往回走。她对路很熟。

我问她：你在足浴城工作？

她说：是啊，我会捏脚，你怎么知道？

我说：你背后印着那么大一个“足”字……

我问她：是否经常这时候出来骑车？

她说：是的，这个月调了工作时间，凌晨下班，没事就出来骑车。

我走到小区门口才想起来，问她：你叫什么名字？

她说：小翠（她的发音是 chuì ）。

我扑哧一下笑了。

她也笑了：是不是很土？她们也总说我名字土。

我说：没有没有。

她问：你呢？

我说：叫我建国吧。

7 月 3 日

我性格算是孤僻，从来都觉得人际交往是种负担，除了照顾猫狗，几乎所有的业余时间都花在了微博上，平时又担心网上这个身份曝光后会影响现实中的工作、生活，所以处处刻意地回避着。现在很开心，终于有了个能一起骑车的朋友，并且小翠不上网……感谢端午！

能在晚上这么骑车走走，成了一天里最惬意的时光。昏黄的路灯，温和的海风，眼睛也舒服很多。只要没事，我们就一起出来骑车。看她差不多下班，我推着车到楼下，总能遇到，有时她也发信息给我。

我问她：为啥晚上会想出来走走?

她说：白天要忙，都在公司，总低着头，脖子难受，晚上出来走走，才感觉一天真的过去了。

我问她怎么想起来要骑自行车。

她说：刚好有一辆。

我也是白天没空，加上眼难受，晚上才能出来透口气，说起来我们还算是病友。

7 月 5 日

在我们骑车的路上，离公园大门不远处有个小小的路口，每次经过，小翠都让我等一下，然后自己沿着小路进去，一会儿就出来，时快时慢，大概几分钟吧。我以为她去里面上厕所，也没问过。每天出来我都还挺忙的，随身带着纸笔，随时接灵感，等她的时候就写写画画。

今天小翠拐进去时，我见她从车筐里拿出了两个饭盒，就多问了句去干吗，小翠说：喂猫。

我说：我也去看看吧。

小翠说：行，但别说话，它们胆小。

小路的入口很黑，但越走越亮。没多远，路边有个两米多高的垃圾站，旁边被树木围绕。小翠放好车，走了过去。她用牙齿抵着下嘴唇，发出嘶嘶的声音，一只棕黄相间的小猫，像变魔术一样从树上蹿了下来，不远处的路灯底下，还跑来了一只黑色的狗。小翠把两个饭盒摊在地上，它俩各吃各的，狼吞虎咽，但并不争抢。

我问：你常来给它俩送东西吃？

小翠说：嗯，大家的饭吃剩了就倒在一起，给它们拿来。

“它们总在这儿吗？”

“没，有时候不在，不在的话给它们放这儿，饿了会来吃的。”

“它俩有名字吗？”

小翠笑了笑，指着猫说，它叫小花，又指了指已经把饭吃完，正在舔饭盒的狗说，它叫小黑。

小花、小黑、小翠，好像一家人啊。

今天没白来，见了两个新朋友，还写了一首诗，感觉自己活得很艺术：

雨总想靠在你身上
所以你躲了半辈子雨
雪飞舞在天上
你靠近它就化了
所以你远远的看着雪
雪是心凉了的雨

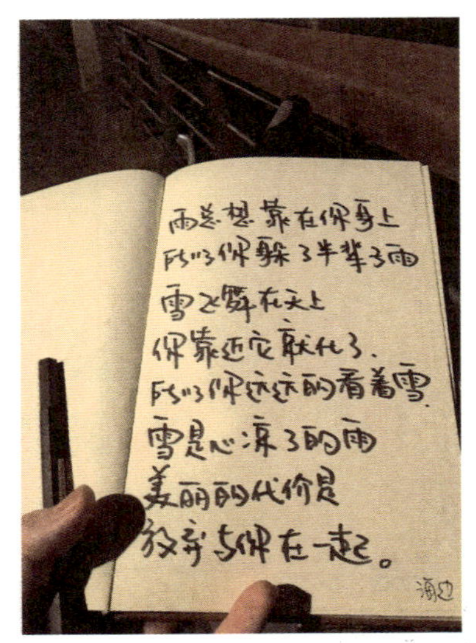

被你喜欢的代价是

放弃与你在一起

7月9日

出来时还好好的，才骑了一会儿，雨突然就下大了，连个让回头的征兆都没给。骑回去的话太远，我们推着车子，拐了出来。公园的侧面是条快速公路，有个公交车站牌，但凌晨公交车早已停运，我们站在下面等车。

一起避雨的几个路人在通过电话联系后，都陆陆续续地被接走了，就剩我俩。

我笑笑说：就像网上看的，孤独是别人等送伞，我们等雨停。

小翠说：看着下雨也挺好的，孤独是回去晚些也没事。

因为路非常偏僻，联系好大会儿都没车肯来，等了很久，雨稍微小些时，终于等来辆空的士，救星一样。

我车小，师傅直接横过来一拎塞了进去，但后备厢很难同时放下两辆车。

小翠说有办法，她的车可以折叠。说着，她推起车走进雨里。

我说我来弄吧。

她说：没事，我会。她熟练地把自行车放倒，拧松车横杠上的螺丝，向着车中间“咔”的一掌，车应声而折，我们抬起，顺利地把车塞进了出租车。

我说：看不出，你力气挺大。

小翠说：现在是大了，平时练出来的。

她接着说：以前刚学捏脚时，没一点力气，每天练完技术，胳膊都是软的，手拿不起筷子。

我问：拿不起筷子怎么吃饭？

小翠说：吃包子……

打车的钱是小翠给的，我没争过她。

她挡着我递钱的手，拿张一百的塞给了师傅，还硬说自己有零钱……

到家想想，小翠说得对，孤独不是别人等送伞，而我等雨停，孤独是了无牵挂，随遇而安。

其实一直都想报答她捡了端午，但完全不知该如何开口。

7 月 11 日

巡逻的警车从我们身边经过，喊了句什么，我没听清，摘了耳机问：什么？！车上的警官远远地喊：前面路灯坏了，你们注意安全！然后跑没影了……眼泪差点下来，谜之感动。

小翠说：小时候特别怕警车，如果他们来村里，就意味着发生了什么不好的事情，但现在不同了，见了警车觉得很有安全感，不知为什么。

我说：可能因为你是个好人。

7 月 15 日

小翠骑车很慢，总是半仰着头。她会不时地停下来，用手捏捏自己的脖子。

我问她：你脖子还是不舒服吗？有没去医院看看？

小翠说看过了，上班得总低着头，所以颈椎有些毛病，没事的。

我们平时各自戴着耳机听歌，路上说的话并不多。

时间久了，发现小翠总是单曲循环着一首老歌，孙燕姿的《天黑黑》。

我看了一下歌词：

我走在每天必须面对的分岔路

我怀念过去单纯美好的小幸福

爱总是让人哭

让人觉得不满足

天空很大却看不清楚

好孤独

天黑的时候

我又想起那首歌

突然期待

下起安静的雨

原来外婆的道理早就唱给我听

下起雨也要勇敢前进……

我相信一切都会平息

我现在好想回家去

小翠曾说她也是跟着姥姥长大的……

我问：怎么总听这个？想家了？觉得歌里唱的像自己？

小翠说：没，只是喜欢，我不想回家……

7 月 16 日

小翠她们住的地方，是公司提供的，老板买来炒房，空闲时隔开，安置她们员工。公司也包餐，所以剩饭都还挺多的，经常见她装满满两大盒，骑车时带着。

小花还是那么谨慎，见我们来也不靠得太近，吃饱了就敏捷地跳回树上或钻进草丛，饭没少吃，但它好像怎么都不会胖。

小黑就洒脱多了，整只狗比我刚见它时肥了一圈，经常还没走近就见它已经在那儿等了，看见我们，大老远就冲过来，吃饱了就亲昵地蹭我们的腿，离开时会送出老远，然后站在路口远远地望着。

7 月 19 日

小翠说，海边的风，是菠萝味的，虽然只隔一条路，但跟街道里完全不同。她说很喜欢深圳，她是在冬天时过来，这儿总是温暖的，像来到了春天，她觉得自己活得很自由。她白天在昏暗的房间机械地工作，凌晨才能来海边透口气，这么日复一日，不是很懂她所说的自由。

7 月 20 日

我们过来时，小花在树上叫得撕心裂肺，有几个女孩站在树下，仰头看着。有人伸手，小花就躲开，跳到更高些的地方。下面的人都挺担心，不知道它怎么了。

小翠挤了过去，说它发情了，没事的。

见小翠过来，小花从树上慢慢下来了。

小翠把它喂饱，我们才走。

我说：刚才人那么多，小花胆小，敢从树上下来不容易，因为你，它相信了这个世界。

小翠笑了：因为它馋。

7 月 22 日

悲伤的晚上。

小翠骑着骑着，嘎地停住了，扶着车把向后退了几步 。

我走近看了一下，是只小猫，颈椎处凹了一块，就那么艰难地趴着，没了呼吸，应该是穿过马路时被自行车轧的。

我说：别怕，你不是挺喜欢猫吗?

小翠：是喜欢，但……

我问：难过了是吧?

小翠：没，死都死了，难过也没用了。

我问：你为啥坚持喂外面的猫呢?

小翠：剩饭扔也是扔，看着它们吃了，心里喜欢。

我用树叶把猫拿起，放在路边的草丛，用石头刨出个小坑。小翠站在旁边，就那么背对着，不敢看。

一场有些奇怪的葬礼，她也真算是个奇怪的人。

我说：你回个头，好歹跟小猫道个别。

她说：不行，怕。

我说：怕的话你就躲远一点，马上就好了。

她说：不行，走远了也怕。

7 月 27 日

几天没联系上小翠，信息也没回，下午联系她，电话接通后非常嘈杂，问她在哪儿，她说在火车站，买票。

问她怎么突然想回家了，她说要回去离婚……

我有些吃惊，但电话里也没详细问她，只问了一下各种手续都准备好了没。

她说没，反正要回去离的，到家再准备吧。

我告诉她，离婚并非那么简单，如果对方不同意的话，可能得走法律程序，是有个过程的。可以的话就先不着急回去，我有懂法律的朋友，让她咨询一下看看。小翠答应了。

我跟公司的法务很熟，请他吃了一顿饭，他说没问题，答应了下来。

7 月 29 日

我跟朋友约了个时间，张月跟小翠一起去见他。朋友从张月口中听了许多小翠的事。

小翠有个比她小一岁的弟弟，前几年外出打工，在厂里不慎被机器切掉了小指，被辞退后，领的一些补偿金基本上都用于后期治疗了，没啥剩余的。

回到乡里，没姑娘愿意跟他，因为手上的伤干不了啥重活儿，也算是有些残疾了。父母很着急，到处求人帮忙介绍，有位姑娘在相处后愿意嫁他，但女方家里提出要不少的彩礼。父母全部凑遍了还是差一些，刚好有人给小翠说媒，她想也没想就答应了，用自己的彩礼给弟弟顺利地定了亲。结婚当天，是她见新郎的第二面……她就这么荒唐地把自己嫁了。婚后不久，男人开始赌博，并且经常打她，在一次被打伤后，男的被拘留，她逃了出来，再没回过家。张月帮她介绍了现在的工作，靠捏脚挣的钱，她慢慢还清了所有的彩礼，决定回家离婚。

朋友答应帮她，让她准备资料时才发现，他们结婚虽然办了婚礼，但因为小翠当时没到二十岁，他们去了民政局，但没能成功领证，也就是说，婚姻是无效的。万幸，小翠不用回去了。

7 月 30 日

了结了这些，小翠看起来轻松了许多。

我们商量一起去看看远处的海。坐了近两个小时的车，傍晚才到，海边并没有多少人。

我在湖边长大，没啥特殊的技能，但会骑摩托艇。我们到时，伙计已经在把摩托艇往岸上拖，准备收档了。

跟老板商量，能否晚些再收，让我们骑着转一圈。

老板说坐可以，但出于对顾客负责任，任何情况都不允许顾客自己骑，得由工作人员驾驶。

我说我加钱。

老板说行。

摩托艇一直颠簸，被浪抛起的瞬间，有飞翔的感觉，轻轻一拧油门就风驰电掣，像能冲破所有一切，不一会儿，我们就离沙滩很远了。我关了引擎，海水轻轻拂动，世界静了下来，天边落日熔金，远处山上的路灯已经亮起，像一条金碧辉煌的通往天上的路，夕阳的余晖是粉色的，公平地洒在我们身上，每个人都像公主。

我回头看，小翠扶着扶手哭了。

问她怎么了，她说第一次坐摩托艇，开心。

我们整天在网上说萌哭了、吓哭了，但真有人因为一点小事开心地哭了，却说不出地悲凉。

或许这世上比相爱更让人幸福的，是摆脱，是可以重新决定自己的生活。

8 月 1 日

小翠公司每月调次班，她的工作时间由下午四点到晚上十二点，调成了晚上八点到凌晨四点。想晚上一块儿骑车的话，估计得等下个月了。

晚上剩我自己了，我自己骑。

8 月 3 日

晚上的海边，像个巨大的动物园，有狗，有猫，有悄悄地在草丛边探头的鼠，还见过刺猬、青蛙、螃蟹，最坏的要数海鸟了，它们爱一声不吭地趴在海边的岩石上，等你从它旁边骑过时又嗖的一下飞起，我被这么吓得摔过两次。

8月9日

我已经能一口气骑十多公里了，但一个人骑车也无聊，没再像之前那么坚持了，三天打鱼两天晒网的，我想起来了，也会带点吃的看看小花、小黑。前面来两次，都只见到小黑．今天过来，总算见着了小花，几天不见，看起来还胖了点，小肚吃得很圆，挺会照顾自己的，小花大本事。

它俩平时守着垃圾站，环卫工人们也常喂喂它们，饿倒是饿不着。小翠平时给它俩送的，确切地说应该叫夜宵。

8月11日

海潮退去的沙滩上，长起了一棵小树。以前没有的，很快就郁郁葱葱了。不知以后涨潮了，它还能不能活下去。明天会怎样，谁也不知道，但至少今天它看起来很开心。

又写诗了，憋不住，送给小树。

喜欢海的小树

我把命安在海潮退去的沙滩

也许能活六个月吧

运气好一年

明天是风和日丽，还是被海潮吞没

都没关系

反正今天一切很好

喜欢海

世上那么多活百年千年的树
它们谁知道站在海里的感觉
我知道
我不后悔

8 月 13 日

多日的练习终于有了成效，我可以双手松开自行车把骑五十多米了（小朋友模仿前请三思，我腿上的伤还没好利索呢……），没人见证，可惜了。我发了个信息，把喜讯告诉了小翠，过五十分钟才回，说刚刚在忙。过会儿又补了一条：小心点。

8 月 20 日

小翠说海边的风是菠萝味的，我终于找到原因了。好大一棵。下次喊她来看，带上菠萝刀。

8 月 26 日

骑得好好的，咣当就跟人撞车了，事故原因是我俩都在边骑边玩手机，但我的责任大些，我逆行。

对面是个大哥，他倒下时牢牢抓住了手机，我就没那么幸运了，捡起来一看，屏幕摔得稀碎。

他摔得也很惨烈，啤酒滚出了老远，花生、香肠撒了一地，他简直是个移动小卖部……

凌晨的海边，商店关门，物资匮乏，几乎买不到任何东西。

无数长途跋涉的人饥肠辘辘。

谁要能见面让一瓶水，绝对就是朋友了。

要再能掏出点吃的，没别的，生死之交。

我们把他散落的东西捡捡，就地喝上了。

吹着海风，聊了很久。

他大我一些，来深圳三年了，明年公司分双人宿舍，就能把妻子接过来团聚。

他平时很忙，少有假期，每当有调休，就这样独自背着包，骑上车绕着城市到处走，累了就随处吃点、歇会儿，醒了继续上路。

他问我：也是自己骑？

我说：不是，有朋友的，再有五天，到下月 1 日就能一起骑了。

我们互留了联系方式，但不知再相见会是何时。

喜欢这样的晚上，也喜欢这里。移民城市，大家都背井离乡，人们相处时少了些老气横秋，多了陌生，也多了亲切。

9 月 1 日

小翠的作息时间终于又调了回来，晚上发信息给她，又能一起骑车了。

三十一天的 8 月有点漫长，这中间我们在小区碰到了两次，打了招呼，彼此都挺好的。再见面，她比之前又瘦了些，眼窝看起来有点深。

我还没来得及向她展示我上个月独自骑那么久的各种发现，小翠说，她要辞职了，离开这里。

她颈椎痛得越来越厉害，一个钟做完，一头冷汗，几乎难以支撑。她表姐说有个市场，在北方，刚刚建好，没有商户。她俩想趁着便宜，租下来，做点什么生意。

我说：万一市场繁荣不起来呢？要不再等等？

小翠：没事的，要是等它起来再去，我们就租不起了。

我说：我有朋友是开公司的，我能帮着介绍一份其他的工作，不用总低着头的那种，不太累。

小翠说：不用。

我问小翠：你不喜欢这里吗？

小翠说：喜欢，但人不一定能生活在喜欢的地方。

我说：啥时候走告诉我一下，我想送送。

小翠说：不用。

9月2日

我给张月打电话，问她小翠什么时候走，想一起送送。张月说，本来这两天就走的，推迟了。小翠去辞职时，被扣了三个月的工资。她们很多人都有这笔钱压在公司，每月少发一点，日积月累，刚好三个月薪水。以前说是押金，但有人辞职，他们就说没干满三年，要扣下这钱当违约金。小翠过去要，他们不给。

我问了朋友，不管是起诉还是仲裁，都需要时间，但张月说小翠这几天就要走了。

我告诉小翠，我去帮着要。小翠说不用，钱不要了。我说保证不会起什么冲突，讲讲理总行吧？好说歹说，她总算答应了。

打定主意要去后，冷静下来，我仔细想了想，最坏的结果无非是要不回来，真要那样，大不了碰壁后我就悄悄把钱垫上，告诉她要回来了，反正钱没多少，也算还了点她救端午的人情。但唯一担心的是被揍了，万一我被抬出来，就尴尬了，说瞎话都圆不过去。

我决定找个伴儿一起去，我想到了王健美……

王健美也是个神人。

我们公司楼下有家健身房，到下班时常常会有健身教练在门口派传单往里面拉会员。王健美是其中一个，我俩就这么碰上的。

第一次相遇，他递过来名片我就惊呆了，他这名起得跟职业也太天造地设……我问他：这是你真名？

他说：不是，为了好记，你把我名往手机里一存，随手一翻就知道我是干啥的。

别人发几次传单，大家脸熟了，知道我没兴趣健身后也就放弃了。他不同，每次见面，他都会跟着走一段，孜孜不倦地讲解他独创的王氏健身套餐……

有一次我拗不过，跟他说健身我实在是坚持不了。

他说：我现在要能成功缠着你办了会员，以后就能这么缠着督促你完成任务。

被他说得久了，竟真的有些心动，但仍然推辞说身上没现金，回头再办……

还是大意了，这货当场从兜里掏出个 POS 机……我就成了他的弟子。

慢慢相处起来，发现王健美人还挺好的，退伍军人，大姑娘性格，他是我见过这世上最爱自己的人，一度怀疑他在健身房工作的唯一原因是这儿有几十面镜子……

他口头禅是：只要努力，你也有机会拥有我这样完美的身材……醉了。

我俩挺聊得来的，跟着他装模作样在健身房折腾一会儿后，我们常一起撸串灌啤酒。花个健身的钱，其实也就抵消点饱腹后的罪恶感，日子久了，慢慢就熟识了。

我把小翠的事简单跟他说了，问他能不能陪我走一趟，就壮壮胆，护着我不挨揍就行，其他啥也不用做，也肯定不干犯法的事，我也是正经人。

这货想想说：不干，我练出身材是为了陶冶情操，不是为了恐吓别人。这种事让她去告一下，走法律途径。

我说：起诉仲裁啥的已经问过了，需要时间，还挺费事的，人家这边等用钱呢，着急。

他说：我考虑一下。

我说：报名时咱可签了合同的，一个月要是减不了六斤全额退费，这马上就快到期了。

他问：你现在减几斤了？

我当场上秤，比来之前还重了一斤，毕竟运动完再吃，好吸收……

他说：小翠这事管定了，咱啥时候去？

9月5日

约在了今天，我们提前问好了办公室的位置，让小翠在楼下等，不要上来。

我俩推开门，走了进去。

硕大的办公桌上，摆着讲究的茶盘，后面坐着个微秃的男人，穿西装，戴眼镜，四周的头发向中间拢着，自斟自饮，正品茶呢。

其实这一幕来之前我曾在心里反复演练了无数遍，也做足了准备。为此我甚至特意剃了个头，在圆寸的基础上又短了点，看起来很社会。但一切真到眼前了，我竟激动得有些发抖，并不是怕。

我说：你们这么变着法儿地扣员工工资，是人干的事儿吗？今天要是不把这钱退了，我们跟你没完！

中年男人愣了一下，缓过来后马上知道我们是干啥来的，他几乎没有思考，连声说：好好，给退给退……

他这㞞得让人始料未及……

设想了无数种剧情，但唯独没想到这么发展，太顺利了，以至于我都不知道咋接，情绪没调整过来，场面一度有些尴尬。其实想想也是，但凡有一点点血性，他们也不至于会欺负这么个身在异乡的女孩。

王健美不知是戏瘾上来了还是真被正义冲昏了头，啪的一掌拍在桌子上：不仅仅是她，再敢这么瞎扣人家的钱，我绝对饶不了你！

真像模像样的，我都被他的气势震住了，心里暗暗想着，说啥也得多续他几个月的会员卡，胖在这么个大英雄手里，也认了。

经理唯唯诺诺，说：不会了，不会了，大家都是求财，别伤了和气……

推门出来，小翠站在门口，经理带着我们让财务给小翠结了账。

我们问小翠：不是说不让你跟着吗？你跑来干啥？

小翠说：担心，如果你们吵起来，我钱就不要了。

王健美听完深吸一口气，撸开袖子，习惯性地撑起了胳膊上的大头菜：说啥呢你？这边有你健美哥我摆不平的事吗？

9月6日

小翠说过几天才走的，但下午收到了她的信息：在车上了，走啦。

深圳人来人往，住了这么久，她要走其实我也不知道该送她些什么特产。本打算约她在市内到处走走转转的，她来了这么久，一直都没机会好好看这个城市一眼。

有些遗憾。

10月2日

拖这么久，被投诉的事儿总算有了结果，愿意和解时她们觉得我心虚，闹久了又投诉到上级，最终我除了态度不算好，没啥责任。处理结果是我被扣了奖金，她们也没得到啥好处。朋友们都说不值，不如调解了事，但我觉得挺好的，没错就不低头，不后悔。

骑车到海边转了一下。很久没来了，可能是季节的原因吧，温度降下来，海边人少了许多。

见到了小黑、小花。小黑看到我带的食物，依旧狼吞虎咽。

小花一口没吃，绕着我转圈，“喵呜喵呜”急切地叫着，我知道它在找什么。

拍了照片，给小翠发去，说：它俩都好着呢，放心。

小翠回：那就好，喂不了它们啦。

小翠说店开业了，虽然现在顾客少，但会好起来的。

今天比以往骑得都远，才发现这边有片彩色的海，空气凉爽，风轻轻吹着，岸边有相爱的人们，一切都很好。如果你想，有一天你也会来到这里，路再长都没关系，只要我们能决定自己的方向。

还有，小翠的话非常少，她眨眼的频率比一般人快些，接东西前，总是习惯性地把手在衣服上蹭一蹭。她之前的短发，也不知现在留长了没。如果你碰到这么个有点奇怪的老板在卖东西，有用得着的可以买一些，她虽然木讷，但实在，不会骗你。

希望好人真有好报。

希望小翠的生意，能越来越好。

*